イタリアの詩歌

—— 音楽的な詩、詩的な音楽

天野 恵　鈴木信吾　森田 学　著

三修社

本書は、イタリア語で書かれた詩（オペラの台本や歌曲の詞も含む）をより深く理解し、味わうために必要と思われる基礎知識や、実際の作品の魅力について、言語、文学、音楽を専門領域とする３名の研究者が、それぞれ重要と思われるテーマを選んで執筆したものです。第一部の第1章と第2章、および第二部の付録は言語学を専門とする鈴木信吾が、第一部第3章は文学を専門とする天野恵が、そして第二部は音楽を専門とする森田学が担当しています。

　イタリア詩は伝統的に韻文で書かれてきました。韻文とは一般的な言い方をすれば、音やリズムに関して何らかの規則を持った文ということになります。規則を持っている以上、それを観賞するためには韻律規則を理解する必要があります。詩の持っている音の世界をもっと楽しむために、韻律の基礎知識を身につけ、作品の魅力に迫ってみようというのが第一部です。まず、リズムを生み出す音節やアクセントの解説から始まります。これらの要素のもたらす効果を理解すれば、イタリア詩の特徴をつかむことができるようになるでしょう。そして、実際にどのようなタイプの詩行（verso）が用いられてきたのかを概観した後、詩行と詩行を結びつける脚韻（rima）を見て行きます。押韻の仕方が分かってくるころには、いよいよ主要な伝統的詩形について学んで行くことになります。ここまで来ると、イタリア文学史上に燦然とその名が輝く最高の詩人たちが編み出し、駆使した技法についての話になりますから、少し難しいと感じるかもしれませんが、注意深く読んでみてください。詩人がどのような音の世界を念頭において創作を行ったのかを知る手がかりが得られるはずです。

　第二部では、音楽と韻律の関係に迫ります。文学と音楽の中間に位置するのが詩であるとすると、文学と音楽の両方にまたがる芸術が、オペラであり、歌曲です。文学と音楽という、それぞれの個性を持った2つの世界の関係について知ることは、知的好奇心を満たすためだけでなく、イタリア文化の魅力を本当に深く味わうためにも欠かせないものであると言って差し支えないでしょう。

　それでは、イタリア語の詩と歌の世界を散策してみましょう。

著者一同

もくじ

第一部　　イタリア詩の韻律と形式

第二部　イタリア詩と音楽

第1章　イタリア詩と音の関係

本文への補足説明

本書では、脚韻を記号で示す際に次のようなルールに従っています。

1）　脚韻を示す場合にはアルファベットを用います。

2）　11音節詩行（endecasillabo）と二重音節詩行（verso doppio）には大文字のアルファベット、それ以外の詩行には小文字を用います。

3）　バッラータ（ballata）などの詩形でのように反復連（ripresa）が出てくる場合を除いて、アルファベット順に文字を用います。

4）　音楽のための詩のかたちでは末尾第2音節強勢詩行（verso piano）だけでなく末尾第1音節強勢詩行（verso tronco）や末尾第3音節強勢詩行（verso sdrucciolo）も頻繁に登場します。その場合、末尾第1音節強勢詩行にはアルファベットの"x"、末尾第3音節強勢詩行にはアルファベットの"s"を用います。

5）　音楽のための詩のかたちで一つの部分に音節数の異なる詩行が数多く含まれる（anisosillabismoの）場合には、アルファベットの右肩に数字を付け何音節詩行なのかを明示します（例えば：$a^5 b^7$）。ただし、レチタティーヴォなどでの無韻詩（versi sciolti）では、基本原則として7音節詩行と11音節詩行しか用いられないので、アルファベットの大文字・小文字で区別します。また、無韻詩であることから特に脚韻を明示する必要がない場合には脚韻記号を記していません。

6）　二重音節詩行の場合には、それぞれの句に対してアルファベットを充てます。例えば、二重7音節詩行（doppio settenario）だと"a-b（a^7-b^7）"となります。

7）　中間韻（rimalmezzo, rima interna）が置かれている場合には、必要に応じてアルファベットを丸括弧で括って表示します（"(a) b"）。

第一部　イタリア詩の韻律と形式

音節とアクセント、語尾脱落

　この章は、タイトルに示したとおり、「音節」、「アクセント」、「語尾脱落（トロンカメント）」という、イタリア語における音声学上の３つのポイントを確認する章です。すでにこれらの知識がある読者は、この章を飛ばして、すぐに第２章の「詩行の韻律法」から読み始めてかまいません。第２章の話のなかで、それぞれの話に関連した本章（第１章）の該当箇所への指示がある場合があります。必要ならば、そのときに該当箇所を見てください。

§1. 音節

　たとえば、単語の adagio ［アダージョ］「ゆっくりと」における a- や -da- や -gio のように、一気に切れ目なく発音される１つ１つのまとまりを**音節** sillaba ［スィッラバ］と言います。イタリア語の音節は、必ず１つの母音を中心に成り立ちます。ですから、（adagio の a- のように）母音だけの音節はありますが、子音だけで成り立つ音節はありません。

1. 音節の区切り方（その１）　つづり上の区切り方

　イタリア語を書いていて、単語の途中で改行したり、音符に合わせて１単語を分かち書きしたりしたいときは、音節の切れ目をもとに、次の要領でハイフン（-）によって区切ります。

① 1つの《子音字》が母音字にはさまれているとき

　▶《子音字》の前で区切ります。

　　　ca-*po* 頭　　me-*la* リンゴ
　　　　カーポ　　　　メーラ

② 2つ以上の《子音字》が母音字にはさまれているとき

　▶基本的には、最初の《子音字》のすぐ後ろで区切ります[1]。

　　　set-*te* 7　　bas-*so* 低い　　bal-*lo* 踊り　　oc-*chio* 目
　　　セッテ　　　　バッソ　　　　バッロ　　　　オッキヨ
　　　can-to 歌曲　　per-*la* 真珠　　sem-*pre* いつも
　　　カント　　　　ペルラ　　　　センプレ

　▶ただし、次のような（語頭にも認められる）《子音字》の連続は、
　　途中で区切ることができません。

　　(a)　　　**-ch-, -gh-**　　　▷　ca-*chi* 柿
　　　　　　　　　　　　　　　　　　カーキ

　　(b)　　　**-gn-**　　　　　　▷　so-*gno* 夢
　　　　　　　　　　　　　　　　　　ソンニョ

　　(c)　i.　《子音字+l, r》（《子音字》は l, r, n 以外）

　　　　　　　　　　　　　　　▷　pro-*ble*-ma 問題　　ma-*dre* 母親
　　　　　　　　　　　　　　　　　プロブレーマ　　　　マードレ
　　　　　　　　　　　　　　　　（ただし、per-*la* 真珠）
　　　　　　　　　　　　　　　　　　　　　　　ペルラ

　　　　　ii.　**-gl(i)-**　　　　▷　fi-*glia* 娘
　　　　　　　　　　　　　　　　　　フィッリャ

　　(d)　i.　《s+子音字》（《子音字》は s 以外）

　　　　　　　　　　　　　　　▷　pe-s*ca* 桃　　a-*stro* 天体
　　　　　　　　　　　　　　　　　ペスカ　　　　アストロ
　　　　　　　　　　　　　　　　（ただし、bas-*so* 低い）
　　　　　　　　　　　　　　　　　　　　　　バッソ

　　　　　ii.　**-sc(i, e)-**　　　▷　pe-s*ce* 魚
　　　　　　　　　　　　　　　　　　ペッシェ

③ 2つ以上の《母音字》が組み合わさっているとき

　▶文字の i や u が独立した母音を表さないなら、《母音字》どうし
　　を区切ることはできません[2]。

　　　fio-re 花　　*cuo*-re 心　　*poi* 次に　　*pau*-sa 休止
　　　フィヨーレ　　クオーレ　　ボイ　　　バウザ

　▶《母音字》のうち2つが独立した母音なら、その最初の母音のすぐ
　　後ろで区切れます。

---

[1]この区切り方は、ここに例示したような《子音字》連続（tt-, ss-, ll-, cch-, nt-, rl-, mpr-）では単語を始めることができないという事実と関連しています。

[2]例 fiore, cuore の -io-, -uo- では、綴りの《i＋母音》や《u＋母音》が（日本語の「ヤ」行音や「ワ」行音に近い）いわゆる二重母音を形成します。また、poi, pausa の -oi, -au- における《母音＋i》や《母音＋u》も二重母音です。二重母音（や三重母音）は途中で区切ってはいけません。

so-*a*-ve 心地よい　　p*a*-*u*-ra 恐れ　　mi-*o* 私の
　ソ アーヴェ　　　　　 バ ウーラ　　　　 ミーオ
no-*ia* 退屈　　*a*-*iu*-to 助け
　ノ ーヤ　　　 ア ユート

　次章で見るように、詩歌では、韻律法に合わせて、本来とは異なった《母音
字》どうしの区切り方をしたりするくらいですから、一般の改行の場合には、
間違いを避ける意味でも、組み合わさった《母音字》は、むやみに区切らない
方がいいでしょう。

２．音節の区切り方（その２）　発音上の区切り方

　発音上の音節の区切り方は、原則として、上の第「１．」項で見たつづり上
の区切り方（pp. 011~013）と同じです。ただし、厳密な標準語では、次の５
つの子音（群）が母音のあとに続く場合には、互いの区切り方に食い違いが生
じます。

<u>《つづり上の区切り方》</u> ↔ 発音上の区切り方

①《母音字 -**s**＋子音字》　　　発音上は［s＝ス］ともう１つの子音のあいだで
　　　　　　　　　　　　　　　区切れます。

　　▶ pa-sta　←──────→　［pás-ta］　「パスタ」
　　　　　　　　　　　　　　　　 パス・タ

②《母音字 -**sc**(**i, e**)》　　　二重音化した［ʃ＝シュ］の途中で区切れます。

　　▶ pe-sce　←──────→　［péʃ-ʃe］　「魚」
　　　　　　　　　　　　　　　　 ペッ・シェ

③《母音字 -**gl**(**i**)》　　　　二重音化した［λ＝リ］の途中で区切れます。

　　▶ fi-glio　←──────→　［fíλ-λ o］　「息子」
　　　　　　　　　　　　　　　　 フィッ・リョ

④《母音字 -**gn**》　　　　　　二重音化した［ɲ＝ニュ］の途中で区切れます。

　　▶ o-gni　←──────→　［óɲ-ɲi］　「あらゆる」
　　　　　　　　　　　　　　　　 オン・ニ

⑤《母音字 -**z**》　　　　　　　たとえzが１文字でも、つまった［ッ］を伴うの
　　　　　　　　　　　　　　　で、［ts＝ッ］や［dz＝ズ］が二重音化する途
　　　　　　　　　　　　　　　中で区切れます。

　　▶ gra-zie　←──────→　［grát-tsje］　「ありがとう」
　　　　　　　　　　　　　　　　 グラッ・ツィエ

　　▶ Do(-)ni-zet(-)ti ↔　［do(-)nid-dzét(-)ti］
　　　　　　　　　　　　　　 ド（・）ニッ・ゼッ（・）ティ
　　　　　　　　　　　　　　　　　　　「ドニゼッティ」（作曲家名）

§2. アクセント

　イタリア語の単語における**アクセント** accento［アッ**チェ**ント］は、次の①〜③に示した音節のいずれかにあるのが原則です。アクセントのある音節は、他の音節より強めに、ていねいに発音しましょう（次の例では、語末から逆算した音節番号に●印で示したのがアクセントの位置です）。

①　**末尾第２音節強勢語** parola piana［パ**ロー**ラ ピ**ヤー**ナ］：≪語末から２番目≫の音節にアクセント▶

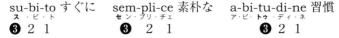

co-da 尾　　pa-ro-la ことば　　im-por-tan-te 重要な
コー・ダ　　パ・**ロー**・ラ　　　イン・ポル・**タン**・テ
❷ 1　　　　 ❷ 　1　　　　　　 　　❷ 　1

②　**末尾第３音節強勢語** parola sdrucciola［パ**ロー**ラ ズドゥ**ルッ**チョラ］：≪語末から３番目≫の音節にアクセント▶

su-bi-to すぐに　　sem-pli-ce 素朴な　　a-bi-tu-di-ne 習慣
ス・ビ・ト　　　　**セン**・プリ・チェ　　ア・ビ・**トゥ**・ディ・ネ
❸ 2 1　　　　　　　❸ 2 1　　　　　　 ❸ 2 1

③　**末尾第１音節強勢語** parola tronca［パ**ロー**ラ ト**ロン**カ］：≪語末≫の音節にアクセント▶

pe-rò しかし　　cit-tà 町　　mer-co-le-dì 水曜日
ペ・**ロ**　　　　チッ・**タ**　　メル・コ・レ・**ディ**
❶　　　　　　　 ❶　　　　　 　　　 ❶

なかでも、①の末尾第２音節強勢（piano）語のパターンは、イタリア語の単語の大多数を占めます。他は少数パターンです。

§3. 語尾脱落（トロンカメント）

1. 語尾脱落とは

　イタリア語では、ある条件のもとに単語の末尾の１母音（あるいは１音節）を落とすことがありますが、これを**語尾脱落** troncamento［トロンカメント］と

言います。たとえば、数字の「1」は uno と言いますが、これを gelato の前に置いて「1つのアイスクリーム」としたいときには、uno の語尾 -o を落として un gelato としなくてはいけません。これも1種の語尾脱落です。日本語の単語は、母音以外には -n「ン」でしか終われませんが、イタリア語では、語尾脱落があることも手伝って、-n（たまに -m）以外に、-l, -r で終わる単語が出てきます[3]。

2．語尾脱落の条件

語尾脱落は、次の①、②の両方に当てはまる単語に起こります。

① 語末の母音が **-o** か、原則として複数語尾でない **-e**, **-i** であること。**-a** は（ora「時間」とその合成語および suora「修道女」を除いて）語尾脱落しません▶

　　　uno → un giornale　1つの新聞
　　　ウーノ　　ウン ジョル ナーレ
　　　signore → signor Belli　ベッリ氏
　　　スィンニョーレ　スィンニョル ベッリ
　　　（例外：suora → "Suor Angelica"　　『修道女アンジェリカ』）
　　　　　　　スオーラ　　スオル アンジェリカ

② 語末の母音の前が **-n**（か **-m**）, **-l**, **-r** であること。もしこれらが同一の二重子音になっているなら、1音節がまるごと語尾脱落します▶

　　　buono → buon libro　良い本
　　　ブ オーノ　　ブ オン リーブロ
　　　professore → professor Pucci　プッチ教授
　　　プロフェッソーレ　プロフェッソル プッチ
　　　bello → bel fiore　美しい花
　　　ベッロ　　ベル フィヨーレ

①、②にあげた実例は、文法的に義務づけられた（主に男性単数に起こる）語尾脱落ですが、イタリア語の詩歌においては、音節数やリズムをそろえたり、脚韻を踏んだり、いわゆる「語呂をよくする」ために語尾脱落が活用されます。たとえば、巻末の「付録」中、歌曲1．"Star vicino" の3行目の出だし[3]Star lontan［スタル ロン・**タン**］は、もし語尾脱落させずに stare lontano［ス**ター**・レ ロン・**ター**・ノ］と発音すると、音節数もリズムも変わり、その与える印象が別のものになるのがわかるでしょう。

---

[3]もちろん、外来語は別です。この場合は、（たとえば、英語起源の sport［スポルト］「スポーツ」のように）さまざまな子音で終わることが可能になります。

第2章

詩行の韻律法

　イタリア語の詩歌を構成するそれぞれの行を**詩行** verso［**ヴェルソ**］と言います。詩行は、音節数とリズムとを土台に成り立ちます。**韻律法** metrica［**メトリカ**］とは、そうした詩行の成り立ちや、詩行どうしの組み合わせに関するさまざまな約束ごとのことです。この章では、詩行1行ずつの成り立ちに関する約束ごとを中心に見てゆきましょう。

§1. 詩行の音節数

　イタリア詩歌の詩行を成り立たせるうえでいちばん大切なのが、1行中の音節（sillaba ☞ 第1章 §1, pp. 011~013）の数です。次にあげる例は、巻末の「付録」に載せた歌曲2. "Vittoria, mio core!"の13 ～ 16行目ですが、いずれの詩行も6音節で成り立っているのがわかります（以下、「/」印は、詩行中での音節の切れ目を表します)[4]。

13Da / lu/ci / ri/den/ti

14non/e/sce / più / stra/le,

15che / pia/ga / mor/ta/le

16nel / pet/to / m'av/ven/ti:

---

[4]引用した原文の前に付けた小さな数字は、その詩作品の何行目に当たるかを表します。

〔歌曲2. "Vittoria, mio core!" より〕

イタリア詩歌の詩行には、11音節詩行を最高として、さまざまな音節数のものがあります。そして、音節数の等しい詩行は、互いに同じ価値をもつものとして扱われます。

1. 音節を数えるうえでの注意（その1）　合音と分音

　第1章§1第「1.」項中で、③に示した≪母音字≫どうしの区切り方（pp. 012~013 ）の原則を破るものに、詩行内部で起こる合音と分音という現象があります。

> 合音 ▶　隣り合う≪母音字≫を（たとえそれらが本来は互いに独立した母音であっても）同じ1音節として数えること。
>
> 分音 ▶　隣り合う≪母音字≫を（たとえそれらが本来は二重母音であっても）別々の2音節として数えること。

これらは、ともに、1単語内で起こる場合と、2つ以上の単語間で起こる場合とがあります。以下では、各詩行（ともに8音節詩行）に太字で示した≪母音字≫がそれぞれの例です。

①**語内合音** sineresi［スィネレズィ］:1単語内で起こる合音です。
> ▶　$_5$e / sgri/da/te / le / m**ie** / vo/glie

②**語内分音** dieresi［ディエレズィ］:1単語内で起こる分音です。
> ▶　$_2$v**i**/**o**/let/te / gra/z**i**/**o**/se

③**語間合音** sinalefe［スィナレーフェ］:2つ以上の単語間で起こる合音です。
> ▶　$_4$mez/z**o**⌣**a**/sco/se / fra / le / fo/glie,

④**語間分音** dialefe［ディアレーフェ］:2単語間で起こる分音です。
> ▶　$_1$Ru/gia/do/s**e**, / **o**/do/ro/se
>
> 〔いずれも歌曲7. "Le violette" より〕

②の語内分音（dieresi）は、独立して発音させたい母音に「¨」印を付けて示すことができます（vïolette grazïose）。

２．音節を数えるうえでの注意（その２） 詩行末の単語のアクセント

詩行の音節を数えるうえでもう１つ大切なのは、詩行末の単語のアクセント（accento ☞ 第１章 §2, p. 014）の位置です。このアクセントがどこにあるかにより、下の②や③のように、数え方に調整を必要とする詩行があるからです。

①**末尾第２音節強勢詩行** verso piano［**ヴェ**ルソ ピ**ヤー**ノ］：アクセントが≪行末から２番目≫の音節にあるとき

  ▶ そのままの音節数で数えます。

②**末尾第３音節強勢詩行** verso sdrucciolo［**ヴェ**ルソ ズ**ドゥ**ルッチョロ］：アクセントが≪行末から３番目≫の音節にあるとき

  ▶ いわば「字余り」です。１音節を差し引いて数えます。

③**末尾第１音節強勢詩行** verso tronco［**ヴェ**ルソ ト**ロ**ンコ］：アクセントが≪行末≫の音節にあるとき

  ▶ いわば「字足らず」です。架空の１音節分を付け足して数えます。

７音節詩行を例にとって、それぞれの数え方を見てみましょう（音節は各詩行の先頭から数え、音節番号に付けた●印が行末のアクセントを表します）。

①末尾第２音節強勢（piano）詩行の例

  ₁Se / Flo/rin/do è / fe/de/le   ▶ そのまま７音節詩行

           ❻ 7

②末尾第３音節強勢（sdrucciolo）詩行の例

  ₃Po/trà / ben / l'ar/co / ten/de/re   ▶ 8 − 1 = 7 音節詩行

           ❻   7 8

③末尾第１音節強勢（tronco）詩行の例

  ₂io / m'in/na/mo/re/rò.   ▶ 6 + 1 = 7 音節詩行

           ❻

〔いずれも歌曲 5. "Se Florindo è fedele" より〕

①〜③のどの行も 7 音節詩行の扱いを受けるのがわかります。要するに、イタリア語では、語末から 2 番目の音節にアクセントのある単語がいちばん多いので、このような単語（上の例では ₁fedéle）で詩行が終わる①のパターンを基準に音節を数えるわけです。

§2. 詩行のリズム

イタリア詩歌のリズムは、詩行の内部で**強音節** ictus〔**イクトゥス**〕がどことどこに配置されるかで決まります。強音節は、ふつう単語本来のアクセント音節に一致します。強音節のうちでも、いちばん大切なのが行末の強音節です。それは、これが必ず単語のアクセントに一致し、詩行の音節数を決定づけるからです（☞ すぐ上の §1 第「2.」項、pp. 018〜019）。

イタリア詩歌の強音節は、必ずしも厳密な規則で配置されるわけではありません。しかし、強音節と弱音節との交替が、≪弱強≫、≪強弱≫など、いくつかの基本的なリズムを生み出すのも、また事実です。ここで、4 つの伝統的なリズムをあげておきましょう（●印は詩行中の強音節を表します）。

①≪弱強≫ giambo〔**ジャンボ**〕のリズム
　　▶ ₁Tre / gior/ni / son / che / Ni/na
　　　　1　❷　3　❹　5　❻　7
　　　　〔歌曲 11. "Nina" より〕
②≪強弱≫ trocheo〔**トロケーオ**〕のリズム
　　▶ ₁Ca/ro / lac/cio, / dol/ce / no/do,
　　　　❶　2　❸　4　❺　6　❼　8
　　　　〔歌曲 8. "Caro laccio" より〕
③≪弱弱強≫ anapesto〔**アナペスト**〕のリズム

▶ ₁Star / vi/ci/no al / bel/l'i/dol / che / s'a/ma,

    1   2 ❸   4   5 ❻ 7   8   ❾   10

〔歌曲 1. "Star vicino" より〕

④≪強弱弱≫ dattilo［**ダ**ッティロ］のリズム

▶ ₈e / nel / de/sio / che / co/sì / m'em/pie il / pet/to

   ❶ 2   3 ❹   5   6 ❼   8   9   ❿ 11

〔歌曲 12. "O del mio dolce ardor" より〕

【強音節は互いに隣接しない】　同じ詩行中に、強音節が 2 つ以上続くことは許されません。

　たとえば、すぐ上の④に引いた歌曲 12 の 8 行目では、本来なら、第 7 音節の ₈così の -sì と第 8 音節の ₈m'émpie の m'em- の両方に単語のアクセントがあるはずですが、詩行中での強音節はどちらか一方に絞られます。④では、≪強弱弱≫（dattilo）のリズムを優先させて解釈しましたが、第 7 ではなく第 8 音節に強音節をもってくる解釈も成り立ちます。上で、強音節の配列に厳密な規則がないと言ったのは、そういう意味でもあります。

§3. 詩行の種類

　イタリア詩歌の詩行には、最低 3 音節から最高 11 音節まで、さまざまな音節数のものがあります。

3 音節詩行 trisillabo［トリ**スィ**ッラボ］（または ternario［テル**ナ**ーリョ］）

4 音節詩行 quadrisillabo［クワドリ**スィ**ッラボ］（または quaternario［クワテルナーリョ］）

5 音節詩行 quinario［クイ**ナ**ーリョ］

6 音節詩行 senario［セ**ナ**ーリョ］

7 音節詩行 settenario［セッテ**ナ**ーリョ］

8 音節詩行 ottonario［オット**ナ**ーリョ］

9音節詩行 novenario［ノヴェ**ナー**リヨ］

10音節詩行 decasillabo［デカ**スィ**ッラボ］

11音節詩行 endecasillabo［エンデカ**スィ**ッラボ］

これらは、それぞれのもつ典型的なリズムにしたがって、大きく4つのグループに分けられます。

　4．8音節詩行　　　▶《強弱》（trocheo）のリズム

　3．6．9音節詩行　▶《弱強弱》のリズム[5]

　10音節詩行　　　　▶《弱弱強》（anapesto）のリズム

　5．7．11音節詩行▶バリエーションのリズム

　以下、具体的な例をあげながら、グループ順に各詩行を見てゆきましょう。

1．4音節、8音節詩行

　音節数が4で割り切れる詩行は、《強弱》（trocheo）のリズムを基本とします。

4音節詩行 ▶ ❶ 2 ❸ 4
8音節詩行 ▶ ❶ 2 ❸ 4 ❺ 6 ❼ 8

a．4音節詩行

　4音節詩行だけが連なってできた詩は、多くありません。よく8音節詩行といっしょに使われます。

b．8音節詩行

　巻末の「付録」の歌曲のうちでは、次にあげるものが8音節詩行でできています。

---

[5] イタリア語を外国語として学ぶ読者が理解しやすいように「《弱強弱》のリズム」としましたが、本来、イタリア詩歌の伝統にこのようなリズムは存在しません。このことについては、該当するそれぞれの詩行を見るときに、また説明します。

歌曲3．"Deh più a me non v'ascondete"（4行目を除く）

歌曲7．"Le violette"

歌曲8．"Caro laccio"

8音節詩行は、とりわけ、強音節の❸と❼が必ず単語本来のアクセントと一致するように配置されます。一方、❶と❺には、２次的なアクセントしか来ない場合があります。ここでは、例として歌曲3をとりあげましょう（詩行に配された２次アクセントは、灰色の●印で示すことにします）[6]。

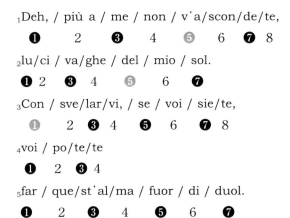

〔歌曲3．"Deh più a me non v'ascondete"〕

なお、上に引いた歌曲3の4行目には、4音節詩行が織り込まれていますが、《強弱》（trocheo）のリズムに変わりはありません。

２．３音節、６音節、９音節詩行

音節数が3で割り切れる詩行は、いわば《弱強弱》のリズムをもつと考えられます。

---

[6] 歌曲3では、₁v'ascondéte の v'a-（❺）が２次的なアクセントです。また、₂del（❺）、₃Con（❶）などの前置詞（や冠詞）にも本来はアクセントがありません。

```
3音節詩行 ▶  1  ❷  3
6音節詩行 ▶  1  ❷  3  4  ❺  6
9音節詩行 ▶  1  ❷  3  4  ❺  6  7  ❽  9
```

a．3音節詩行

　単独で使われることはまれで、6，9音節詩行といっしょに使われたり、あとで見る5，7，11音節詩行といっしょに使われたりします。5，7，11音節詩行といっしょだと、伝統的な≪弱強≫（giambo）のリズムを引き継ぐことになります。

b．6音節詩行

　わかりやすいように≪弱強弱≫のリズムとしましたが、伝統的には≪強弱弱≫（dattilo）や≪弱弱強≫（anapesto）が見え隠れするリズムだと言えるでしょう。巻末「付録」の歌曲のうちでは、次にあげるものが6音節詩行でできています。

　　　　歌曲2．"Vittoria, mio core!"
　　　　歌曲4．"Già il sole dal Gange"
歌曲4から前半の4行を引いておきます。

1Già il / so/le / dal / Gan/ge
　　1　　　❷　3　　4　　　❺　　6

2più / chia/ro / sfa/vil/la
　　1　　❷　3　　4　❺6

3e / ter/ge o/gni /stil/la
　1❷　3　　4　❺　6

4del/l'al/ba, / che / pian/ge.
　1❷　3　　4　　❺　　6

　　　　　〔歌曲4．"Già il sole dal Gange" より〕

ｃ．９音節詩行

　これも、表面上は≪弱強弱≫ですが、伝統的には、６音節詩行と同様に、≪強弱弱≫（dattilo）と≪弱弱強≫（anapesto）のリズムが混ざり合ってできていると見なせます。巻末「付録」の歌曲のうち、９音節詩行でできているのは歌曲13の "O notte, o Dea del mistero" だけです。出だしの４行を引きましょう。

₁O / not/te, o / gran / Dea / del / mi/ste/ro,
　1　**❷**　3　　　4　　**❺**　　6　　7　**❽** 9

₂o / dol/ce / com/pa/gna / d'a/mor,
　1　**❷**　3　　4　**❺**　6　　　7　**❽**

₃o / not/te, è in / te / so/la / ch'io / spe/ro!
　1　**❷**　3　　　4　**❺**　6　　7　　**❽** 9

₄deh / scac/cia / del / gior/no il / ful/gor.
　1　　**❷**　3　　4　**❺**　　6　　7　**❽**

〔歌曲 13. "O notte, o Dea del mistero" より〕

３．10音節詩行

　10音節詩行は≪弱弱強≫（anapesto）のリズムです。

10音節詩行 ▶ 1 2 **❸** 4 5 **❻** 7 8 **❾** 10

巻末「付録」の歌曲のうち、10音節詩行でできているのは歌曲1の "Star vicino" だけです。

₁Star / vi/ci/no al / bel/l'i/dol / che / s'a/ma,
　1　　2 **❸** 4　　5 **❻** 7　　8　　**❾** 10

₂è il / più / va/go /di/let/to / d'a/mor!
　1　　2　**❸** 4　5 **❻** 7　8　　**❾**

₃Star / lon/tan / da / co/lei / che / si / bra/ma,
　1　　　2 **❸**　4　5 **❻** 7　　8　**❾** 10

₄è / d'a/mor / il / più / me/sto / do/lor!

1　2　**❸**　4　5　**❻**　7　8　**❾**

〔歌曲1. "Star vicino"〕

4．5音節、7音節、11音節詩行

　音節数が奇数の詩行のうち、5，7，11音節から成る詩行は、バリエーションのリズムをもちます。その基本に≪弱強≫（giambo）のリズムが潜んではいるものの、現れるリズムの型は流動的で、詩行の音節数が多くなればなるほどバリエーションの数が増えてゆきます。

　なお、基本に≪弱強≫（giambo）のリズムが潜むという点で、3音節詩行も5，7，11音節詩行といっしょに使われることがあります（☞ 本節、第「2.」項「a.」、p. 023 ）。

a．5音節詩行

　5音節詩行は、次のモデルに示すようなリズムをもちます（図式中の×は、場合に応じて、強音節、弱音節のいずれにもなり得ます）。

5音節詩行 ▶　×　×　3　**❹**　5

行末の強音節が必ず**❹**に来ますが、もう1つの強音節は、**❶**〜**❷**のあいだを揺れ動きます。ですから、実際には、次の2通りのバリエーションが可能です。

巻末「付録」の歌曲のうちでは、次にあげるものが5音節詩行でできています。

　　　歌曲9. "Sebben, crudele"

　　　歌曲15. "Caro mio ben"

また、歌曲10. "Ombra mai fu（Largo）"の7〜10行目（アリアの部分）も

5音節詩行です。歌曲9の前半4行を引きましょう。

₁Seb/ben, / cru/de/le,
　　1　❷　　　3　❹5
₂mi / fai / lan/guir,
　　1　❷　　3　❹
₃sem/pre / fe/de/le
　❶　　2　　3　❹5
₄ti / vo/glio a/mar.
　1　❷　3　　❹

〔歌曲9. "Sebben, crudele" より〕

【二重詩行には句切れがある】　一方、歌曲6. "Son tutta duolo" の各行は、5音節詩行が2つずつ組み合わさってできた二重詩行です。

₁Son / tut/ta / duo/lo, ‖ non/ ho / che af/fan/ni
　1　　❷3　❹　5　　1　❷　　　3　❹　5
₂e / mi / dà / mor/te ‖ pe/na / cru/del;
❶　2　　3　　❹　5　❶　2　　　3　❹

〔歌曲6. "Son tutta duolo" より〕

5音節詩行の組み合わせによってできた大きな1行は、**二重5音節詩行** doppio quinario［ドッピヨ クイナーリヨ］をつくります[7]。組み合わせには切れ目ができますが、これを**句切れ** cesura［チェヌーラ］と言います（上の詩行中に「‖」印で示したのが句切れです）。5＋5＝10音節ですが、句切れがあり、前の第「3.」項で見た10音節詩行（pp. *024~025*）の≪弱弱強≫（anapesto）とは根本的にリズムが違います。このような場合は、5音節詩行が（大きな1行に対して）**半行** emistichio［エミスティーキヨ］をなしていることになります。

---

[7] 二重詩行には、ここに例示した二重5音節詩行以外に、（合計すると1行の音節数が11音節よりも大きくなってしまう）**二重6音節詩行** doppio senario［ドッピヨ セナーリヨ］、**二重7音節詩行** doppio settenario［ドッピヨ セッテナーリヨ］などがあります。

　なお、句切れでは、原則として語間合音（sinalefe ☞ 本章§1第「1.」項、p. *017*）は起こりません。たとえば、同じ歌曲6の4行目でも、

₄gli a/stri, / la / sor/te, ‖ i / nu/mi, il / ciel.
　1　❷　　3　❹　5　1　❷　　3　　❹

〔歌曲6.“Son tutta duolo”より〕

のように、**前半行** primo emistichio ［プリモ エミスティーキヨ］ の末尾 ₄sorte の -te と**後半行** secondo emistichio ［セコンド エミスティーキヨ］ の冒頭 ₄i は、別々 の音節として数えます。

b．7音節詩行

　7音節詩行は、次のモデルに示すようなリズムをもちます。

> 7音節詩行 ▶ 　×　×　×　×　5　❻　7

行末の強音節が❻に固定しているのに対し、残りの強音節は、❶〜❹のあいだ を揺れ動きます。実際には、次の4通りのバリエーションが可能です。

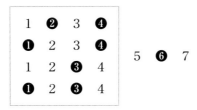

　7音節詩行の基本となる≪弱強≫（giambo）のリズム ― 1❷3❹5❻7 ― に加えて、すでに本節、第「3.」項の10音節詩行（pp. *024~025*）で見た≪弱 弱強≫（anapesto）のリズム ― 12❸45❻7 ― が現れ得ることなども考 え合わせると、そのバリエーションのもつ幅の広さがうかがえます。

　巻末「付録」の歌曲のうちでは、次にあげるものが7音節詩行です。

　　　歌曲5.“Se Florindo è fedele”

歌曲11.ʺNinaʺ（破格の３行目を除く）

また、歌曲10.ʺOmbra mai fu（Largo）ʺの１〜４行目、歌曲12.ʺO del
mio dolce ardorʺの３〜７行目も７音節詩行です。歌曲５を最初から６行引
いてみましょう[8]。

₁Se / Flo/rin/do è / fe/de/le
❶　　2　❸　　4　　　5 ❻ 7

₂io / mʼin/na/mo/re/rò.
❶　　2　　3　❹　5 ❻

₃Po/trà / ben / lʼar/co / ten/de/re
1　❷　　3　　　❹　5　❻　7 8

₄il / fa/re/tra/to ar/cier,
1　❷ 3 ❹　5　　　❻

₅chʼio / mi / sa/prò / di/fen/de/re
❶　　　2　　3　❹　5 ❻ 7 8

₆da un / guar/do / lu/sin/ghier.
　1　　❷　3 ❹　5　　❻

〔歌曲5.ʺSe Florindo è fedeleʺより〕

c．11音節詩行

　　11音節詩行は、１行が長いので、途中にイントネーションの切れ目が生じ
ます。この切れ目は、句切れ（cesura ☞【二重詩行には句切れがある】、p.
026）の１種と考えることができます。そして、句切れのすぐ前にある強音
節（つまり、前半行最後の強音節）が❹か❻かで、２つのパターンに大別され
ます。強音節が❹にあるパターンを**前句切れ11音節詩行** endecasillabo a
minore［エンデカス**ィ**ッラボ ア ミ**ノ**ーレ］、❻にあるパターンを**後句切れ11音節詩行**
endecasillabo a maiore［エンデカス**ィ**ッラボ ア マ**ヨ**ーレ］と言います。これらは、
それぞれ次のモデルに示すようなリズムをもちます。

---

[8]歌曲5の例のうち、₂mʼinnamorerò の -mo-（❹）や₄faretràto の fa-（❷）、₆lusinghièr の lu-（❹）には単
　語本来のアクセントがありません。弱音節がいくつも続くので、支えに２次的なアクセントを置くだけです。

```
前句切れ 11 音節詩行
        ▶ × × 3 ❹ × × × × 9 ❿ 11
後句切れ 11 音節詩行
        ▶ × × × × 5 ❻ × × 9 ❿ 11
```

1行全体を締めくくる強音節（つまり、後半行最後の強音節）はすべて❿に固定されます。前句切れ（a minore）11音節詩行は、前半行を締めくくる強音節が❹にありますから、この前半行に5音節詩行のリズムが見え隠れします。一方、後句切れ（a maiore）11音節詩行は、強音節が❻にありますから、前半行に7音節詩行のリズムが見え隠れします。さらに、詩行を前後2つに分けるイントネーションの切れ目（つまり句切れ）が、前半行を締めくくる単語の切れ目に一致して揺れ動きますから、実際に現れる11音節詩行のリズムがいかに豊かなバリエーションを見せるかがわかるでしょう。

そのようなわけで、11音節詩行の形式は、イタリア詩歌の歴史のなかで、もっとも重要な詩行としての地位を保ち続けてきました。たとえば、ダンテの『神曲』も、この形式を用いて書かれています。

巻末「付録」の歌曲のうちでは、全体が11音節詩行でできている作品は、歌曲14の "Piacer d'amor" しかありません。ただ、部分的な11音節詩行なら、歌曲10. "Ombra mai fu (Largo)" の5，6行目、歌曲12. "O del mio dolce ardor" の1，2，8，9行目にも見つかります。ここでは、歌曲14の出だしを見てみましょう（詩行中、「‖」はイントネーションの切れ目、つまり句切れを示します）。

$_1$Pia/cer / d'a/mor ‖ più / che un / dì / sol / non / du/ra;
　1　❷　3　❹　❺　　6　7　❽　9　❿　11

$_2$mar/tir / d'a/mor ‖ tut/ta / la / vi/ta / du/ra.
　　1　❷　3　❹　❺　6　7　❽　9　❿　11

$_3$Tut/to / scor/dai / per / lei, ‖ per / Sil/via in/fi/da;
　❶　2　3　❹　5　❻　7　❽　9　❿　11

₄el/la or / mi / scor/da ‖ e a/d al/tro a/mor / s'af/fi/da.
❶　2　3　❹　5　❻　7　❽　9　❿　11

〔歌曲14."Piacer d'amor" より〕

このうち、1，2，4行目は、前半行を締めくくる強音節が❹にある前句切れ（a minore）11音節詩行、3行目は、強音節が❻にある後句切れ（a maiore）11音節詩行です。いずれのパターンも、5音節詩行や7音節詩行がいわば透けて見えてくることを確認してください⁹。

　すでに見たとおり、一般には、詩行中で強音節どうしが隣接することは許されません（☞【強音節は互いに隣接しない】、p. 020 ）。しかし、上の歌曲14の1，2行目で強音節の❹と❺が隣接していることからもわかるとおり、句切れをあいだにはさむ場合に限って、強音節が2つ続くことが許されます。

　なお、11音節詩行の句切れは、本来の句切れ（☞【二重詩行には句切れがある】、p. 027 ）とは違って、上に引いた歌曲14の4行第5音節（-da ‖ e a-）のように、語間合音（sinalefe）を起こしてもかまいません。

§4. 脚韻

　ある詩行の行末の響きを、別の行末でもう1度繰り返すのが**脚韻** rima〔リーマ〕です。イタリア語の脚韻は、行末の強音節の母音からあとがそのまま繰り返されます。歌曲10."Ombra mai fu（Largo）" から例をあげましょう。太字の部分が脚韻です。

₅non v'oltraggino mai la cara p**ace**,

₆né giunga a profanarvi austro rap**ace**!

---

⁹本項「4.」中でこれまで見てきた5，7，11音節詩行に溶け込むかのように、3音節詩行が≪弱強≫（giambo）のリズムを示すことは、すでに述べました（☞ 本節、第「2.」項「a.」、p. 023 ）。残る奇数音節の詩行は9音節詩行ですが、実は、これも、通常の固定したリズム（☞ 本節、第「2.」項「c.」、p. 024 ）から外れて、5，7，11音節詩行と同種のバリエーションのリズムをもつことがあります。

₇Ombra mai f**u**

₈di veget**abile**,

₉cara ed am**abile**,

₁₀soave pi**ù**.

〔歌曲10. "Ombra mai fu（Largo）" より〕

3つのペア ₅p**àce** - ₆rap**àce**、₇f**ù** - ₁₀pi**ù**、₈veget**àbile** - ₉am**àbile** がそれぞれ脚韻を踏んでいますが、これらは、順に、末尾第2、第1、第3音節強勢語（parola piana/tronca/sdrucciola ☞ 第1章 §2, p. 014 ）による脚韻です。ところで、歌曲15. "Caro mio ben" は、すべての詩行が末尾第1音節強勢語（parola tronca）で終わっています。その脚韻から2組を選んで、太字で示してみましょう[10]。

$$
\begin{cases}
\text{₁b}\grave{\text{e}}\text{n} & (\leftarrow\ \ \text{bene}) \\
\text{₂alm}\acute{\text{e}}\text{n} & (\leftarrow\ \ \text{almeno})
\end{cases}
$$
ペ ン　　　ベ ー ネ
アルメ ン　　アルメ ー ノ

$$
\begin{cases}
\text{₄c}\grave{\text{o}}\text{r} & (\leftarrow\ \ \text{core}) \\
\text{₆ogn}\acute{\text{o}}\text{r} & (\leftarrow\ \ \text{ognora}) \\
\text{₈rig}\acute{\text{o}}\text{r} & (\leftarrow\ \ \text{rigore})
\end{cases}
$$
コ ル　　　コ ー レ
オンニョル　オンニョーラ
リ ヨ ル　　リ ヨ ー レ

ここにあげた単語のすべてに語尾脱落（troncamento ☞ 第1章 §3, pp. 014~015 ）が起こっていることに注意しましょう。カッコ内に示してあるのがもとの形です。語尾脱落のおかげで、脚韻がちゃんとそろうようになっているのがわかります。

　脚韻は、音節数やリズムに劣らず、イタリア詩歌にとって大切な要素の1つです。それは、詩行どうしを結び付け、これらを束ねながら、さらに大きなまとまりを作り上げる役割を果たすからです。脚韻のこのような役割については、次の第3章で扱います。

---

[10] ≪母音字≫の e や o がアクセントの位置にある場合、発音上では閉口音（é [e]、ó [o]）と開口音（è [ɛ]、ò [ɔ]）の区別があり、それは単語ごとに決まっています。ただし、脚韻においては、閉口音と開口音が同じ価値をもつと見なされます。ここにあげた例でも、é と è、ó と ò が、それぞれ同等に扱われています。

第3章

イタリア詩の詩形

§1. 詩を詩たらしめるもの

1. スタンダールの墓碑銘

ミラノ人　アルリーゴ・ベイル
生きた　書いた　愛した

　この言葉を聞いたことのある人は少なくないでしょう。文豪スタンダールの墓碑銘であることを知っている人も珍しくないと思います。フランス人でありながらフランス風エスプリなるものを毛嫌いし、イタリア気質をこよなく愛したスタンダールは、この墓碑銘を自らイタリア語で用意していました。スタンダールのファンの中には、いや、別に彼のファンでなくても、旅のついでにモンマルトルの墓地を訪れて、この碑銘の刻まれた彼の墓碑を拝んだ方も少なからずおられるのではないかと思います。ところが、実際の墓碑に刻まれた銘は上の引用とは少し異なっているのです。並んでいる3つの動詞そのものは同じですが、その順番が違います。「生きた、書いた、愛した」ではなく「書いた、愛した、生きた」となっている。

　本書をはじめから読んでこられた方ならば、これを聞いて「何だ、たったそれだけのことか」と言って平然としておられることはよもやないでしょう。順

番が入れ替われば、必然的に韻律が変化してしまうので、《それだけのこと》で済むものではありません。銘はまったくの別物になってしまいます。ですから、日本で巷間に流布している言葉と、スタンダールの墓碑に実際に刻まれた碑銘との間にこうした相違があるとすれば、それは一大事とも言うべきことなのです。いったいなぜこのような食い違いが生じてしまったのでしょうか。また、それはそれとして、そもそもいったいどちらが正しいのでしょうか。ひょっとすると、碑銘が日本語に翻訳され、わが国に紹介されるに当たって、何らかの事情により語順が入れ替わってしまったのでしょうか。

　スタンダールは先に述べたように生前から自分の墓碑銘を準備していて、いろいろ推敲も行なっていたようですが、彼が最終的にこうと決めた銘文は正式な遺言の一部として残されていますので、それを確認すればどちらの順番が正しいのかはすぐに分かります。しかしながら、本書をここまで読んでこられた方ならば、そんな方法に頼るまでもなく、いずれが本来の語順なのかを的確に判断することができるのではないでしょうか。ただし、そのためには碑銘を原語、すなわちイタリア語に戻して眺めなおす必要があります。

> Arrigo Beyle / Milanese / VISSE, SCRISSE, AMÒ

　これがわが国でもよく知られている碑銘の原文です。一方、モンマルトルの墓碑に刻まれている方はどうかと言いますと、

> Arrigo Beyle / Milanese / SCRISSE, AMÒ, VISSE

　いかがですか。この両者を見比べてみて、いったいどちらが正しいのかお分かりになったでしょうか。もしよく分からないようでしたら、第2章の§2（詩行のリズム）を読み直してください。

　そうです。墓碑銘は一般に流布している方が正しいのであって、モンマルトルの墓碑に刻まれている銘は間違っているのです。

　前者、すなわち日本でもよく知られている方の銘は、末尾に動詞amareの遠過去形amòが来ていますので、6音節からなる**末尾第一音節強勢詩行**となり、全体は《強弱》リズムで統一されています。一方、実際の墓碑に刻まれた銘の場合、そうしたリズムの統一が失われている上に、2番目の動詞amòの

強音節と3番目の動詞visseのそれとが隣接する形になります。音節の数は5つという計算になりますが、当然、**5音節詩行**は形成されません。

　一体なぜこのようなことが起きてしまったのでしょうか。詳しい経緯はともかくとして、誤謬の背景となった事情については容易に想像がつきます。もし仮にこの墓碑がイタリアのどこかに建立されたのであったならば、このような間違いは決して起きなかったでしょう。イタリア人ならば、ほとんど本能的にこれではおかしいと気付いたはずだからです。ところが、墓碑のある場所と言うと、フランスはパリのモンマルトル…。そう、フランス語を母語とする人たちには、この語順のもたらす響きの不自然さを感じ取ることができなかったのです。

　第3章を始めるに当たって、スタンダールの墓碑をめぐるこのようなエピソードをご紹介したのは、他でもありません、同じ西ヨーロッパの文化圏に属し、しかも同じ系統の言語であるフランス語を話しているフランス人にしてこのていたらく（失礼！）なのだということを認識していただきたかったからです。もちろん、フランス人ではあってもイタリア語に堪能であったスタンダールならば、モンマルトルの墓碑に刻まれているような珍妙な銘を作ることはあり得ませんでした。ところが、墓碑の建立に関わった他のフランス人たちには、故人がせっかく推敲を重ね、苦心して用意しておいたイタリア語の碑銘の持つ美しい響きを感じ取ることができなかった。詩というものがいかにそれぞれの言語に密着した存在であるか、従って母語を異にする人間にとっていかに受容の困難なものであるのかを、モンマルトルの墓碑は如実に物語っています。

2．外国文学を受容するということ

　さて、そうなりますと、つまり母語を異にする人間にとってそれほど感じ取るのが難しいものならば、イタリア語の詩についてはいっそイタリア人に解説してもらうのが一番よいのではないでしょうか。文化的にも言語的にもかなりイタリア人に近いところにいる…少なくとも日本人よりは確実に近いところにいる…と思われるフランス人にして、なかなか感じ取ることのできないような

イタリア詩の響きを、果たして日本人が、たとえイタリア語やイタリア文学の研究・教育を生業とする人間であったにもせよ、うまく捉えて説明することができるのだろうか。読者の中にこのような疑問を抱く方がおられたとしても少しもおかしくはありません。実を言いますと、これからその解説をしようとしている筆者自身、こうした疑問を感じている一人です。ならば、いったい何が悲しゅうて自分でもやり遂げられるかどうか心もとない難事になどとりかかろうというのでしょうか。

　確かに、イタリア詩の響きを最も的確に感じ取ることができるのがイタリア人であるという事実には疑問の余地がありません。しかしながら、彼らがいとも自然に感じ取るその《イタリア詩の響き》なるものを、今度は彼らとは逆にまったく感じることのできない外国人に向かって説明する仕事となると、これまたイタリア人が最も得意とするところであるとは必ずしも言い切れないのです。

　問題は、彼らの耳、あるいは脳にあっては、イタリア詩の響きというものが、幼少時に習い覚えたわらべ歌やおとぎ話の一節に始まり、その後もテレビから流れ出るポピュラー・ソングや学校で暗記させられる有名詩人たちの作品などを通じて、もはや完全に血肉化してしまっているところにあります。つまり、自分たちにとってはそれがあまりにも「自然」に響いてしまうがゆえに、まったく同じものに接しながら、それをまったく「自然」には感じない人間がこの世に存在するのだということが、彼らにはなかなか理解できないのです。

　さらに言いますと、一般にこういう事柄は、たとえ頭では理解できたとしても、なかなかそれが実感につながらないものです。あれこれ迷ったりするまでもなく、「これだ！」と感じられる語順なり言い回しなりが即座に、そしてはっきりと「見えてしまう」イタリア人の耳には、ある特定の語順だけが、あるいは、ほとんど意味の変わらないいくつかの単語の中でもある特定の単語だけが、明らかに抜きん出て快く響きます。ですから、この地球上には、同じ言い回しを耳にしてもそうは感じない人間…例えばわれわれ日本人…がいるのだということは、それ自体、彼らにとってかなりの驚きなのです。そこで、そうした人間に対して、「耳に快く響く」という現象をどう説明してよいのか、さらにはそもそもそんな《自明》のことをなぜ改めて説明する必要があるのか、

理解に苦しむことになります。

　同じことは私たち日本人についても言えます。日本語においては実に快く響く五七調あるいは七五調というリズムがあります。ところが、ほとんどの外国人はこれを感じ取ることができません。念のために申しますと、ここで私が問題にしているのは、日本語を知らない外国人についてではありません。日本語をすでに十分に習得している人たちの話をしているのです。彼らは日本語で言われることの内容は問題なく理解できても、それが五七調や七五調になっているからと言って、別に快くも感じなければ自然に響くとも思わないのです。しかし、この事実を認識している日本人がどれだけいるでしょうか。そして、五七調や七五調が日本人の耳にもたらすこの快さを、それをまったく感じない外国人を相手に、彼らがなるほどと納得してくれるような仕方で説明できる人はどれくらいいるのでしょうか。かく言う筆者も、五七調や七五調の響きの良さは十分に感じるものの、なぜそのように感じられるのかはよく分かりませんし、ましてや外国人に説明する自信などまったくありません。

　さて、言葉の響きの快さ、あるいは調子の良さというものが、ことほどさようにその言語を母語とする人間にしか感じ取れないものなのだということがご理解いただけたところで、今度はその言葉を織りなして創られる文学というものを考えてみましょう。文学作品のいわば消費者である一般人が上に見たとおりであってみれば、それらの生産者たる詩人・文人たちがどれほど熱心に工夫を凝らし、自分の意図する効果をより良く発揮させようと懸命に努力しているかは言うまでもありません。彼らは、そうした一般人の持つイタリア語の感覚をベースに、通常の言語表現をあえて歪めることによって文学作品を創造していきます。

　筆者はここで「歪める」という表現を用いましたが、もちろんそこに否定的な意味あいを込めたわけではありません。ちょうど建築が自然の空間を、また彫刻が屋内空間を《歪める》ことにより、ひとつの芸術として成立しているのと同じような意味において、文学、中でも特に詩は、自然な言語空間を《歪める》ことにより成立するのです。ですから、読者としては、文学テキストの持つこうした《歪み》を感じ取ることができなければ、たとえそこに書かれている内容が完全に理解できたところで、それだけでは対象を「文学作品として」

受容したことにはなりません。

　一般に外国語で書かれた文学作品を読む際には、自国語の作品を読む場合とは事情が大きく異なり、こうした《歪み》を感じ取ることが大きな課題となります。もちろん、言葉による芸術である文学にあっては、このような側面をとりあえず棚上げしてしまって、もっぱら作品の内容を理解したり、あるいはひとつひとつの言葉や表現から浮かんでくる様々なイメージをたどるだけでも、大きな満足の得られる場合が少なくありません。実際のところ、翻訳で読む文学作品というのは一般にこのようにして受容されているのです。

　一方、野心的な本書がこれから挑戦しようとしているのは、翻訳ではなく原語のイタリア語で文学作品にアプローチしてやろうとする方々のお役に立つことです。そうした人々は多大なエネルギーを費やしてイタリア語を学び、苦労しながらオリジナル作品に立ち向かわれるでしょう。しかし、その場合、いくら内容の理解によって得られる満足が大きくても、作品の形式面を無視してしまったのでは、得られるものが、ある意味で翻訳本を読んだ場合とあんまり変わりがないという、はなはだ残念な、そしてもったいない結果に終わりかねません。それは次のような理由によります。

　すなわち、いくら読者が原語で読んでいるつもりになっていても（そして実際のところ辞書も使わずに原語で読んでいたとしても）、そこで彼が行っている作業の実態を分析的に見ますと、無意識のうちに原作品をまず頭の中で日本語に翻訳し、その後に、あるいはほとんど同時に、その《翻訳されたもの》を「読む」ことに終始している可能性があるのです。もちろん、他人の翻訳したものを読むことと、自分自身で翻訳しながら読み進んでいくことの間には大きな違いがあります。ですが、その違いがいくら大きくても、作業の《かなめ》となる部分を微視的に観察した場合には、あくまでも《翻訳されたもの》を「読んで」いるのだという意味において何らの違いがありません。当然、作者の意図した効果を十分に感じ取ることはできませんし、メッセージとしての芸術作品の持っている情報は大きく損なわれる結果となります。

　話を分かりやすくするために例を挙げてみましょう。ダンテの『神曲』地獄篇第5歌、有名な《愛欲の獄》です。不倫の愛を育んで殺害されたパオロとフランチェスカの霊は、ダンテの求めに応じて、自分たちの犯した過ちを物語り

ます。その過ちとは、アーサー王伝説にあるランスロット卿とグェネヴィア妃の不倫の物語を二人で読むうちに、読書に引きずり込まれてしまい、登場人物たちの歩んだ道をそのまま自分たちも辿ってしまった…というものでした。そして、彼女はこう締めくくります。イタリアでは知らぬ者とてない有名な一行です。

quel giorno più non vi leggemmo avante
その日、私たちがそれ以上に読み進めることはありませんでした。

(Inf. V, 138)

　この**詩行**の内容を理解することは、たぶんイタリア語の初心者にとってもさほど難しくはないでしょう。初心者がとまどうかもしれないのは、行末の単語がavantiではなくavanteとなっている点と、そして、もうひとつは、piùという語の位置です。普通のイタリア語文ならば、この語は動詞leggemmoとavanteの間に置かれます。少なくともnonよりも前に置かれることはまずありません。では、仮にそうした普通の語順に並べ変えたらどうなるでしょう。

quel giorno non vi leggemmo più avante
あるいは
non vi leggemmo più avante quel giorno
としてはどうか。さらには
non vi leggemmo quel giorno più avante
più non vi leggemmo avante quel giorno
等々。

　こうした変更を行なっても基本的な内容は変化しませんし、イタリア語として間違った表現になるわけでもありません。せいぜい強調される言葉が変わるくらいのものです。それでも、ダンテが「はて、どれが一番美しいのだろうか」と迷った挙句に選び出したのがあの有名な一行であった…などということは決してありませんし、さらに言えば、これらは曲りなりに**11音節詩行**らし

きものではあっても、もはや**詩行**と呼ぶことさえためらわれる代物です。ですから、読者としては、もし元の詩行とこうした別の語順を持つものとを比べて、その違いがいまひとつ感じられないとしたら、たとえこの**詩行**の意味を、どれほど奥深いところまで完全に理解したところで、『神曲』を読みこなしたことにはなりません。ダンテがpiùという一語をなぜこの「奇妙な」位置に置いたのか、そしてそれによってどのような効果がもたらされたのかを理解し、さらには（外国人にとってはこれが実に難しいことなのですが）その効果を体感しない限り、詩人がこの**詩行**に託したメッセージを十分に受け取ったことにはならないのです。

3．詩の美しさとリズム

　それでは「詩を詩たらしめるもの」とはいったい何なのでしょうか。この問いには様々な答えがあり得ます。しかし、恐らく誰もが本質的な要素と認めるであろうものは《リズム》です。第2章において詳しく説明されていた韻律法はリズムを構成する要素のひとつであり、また単にそのひとつであるというにとどまらず、最も重要な要素のひとつです。実際、古い時代、すなわち西ヨーロッパの言語が未だラテン語からその次の世代の、ラテン語から派生した諸言語、いわゆるロマンス語へと変化し、そのロマンス語による詩が姿を現すか現さないか、という時代にあって、音節の長短をベースとする古典語の詩がmetrumと呼ばれていたのに対して、アクセントの強弱に基くロマンス語の詩がritmusと呼ばれていた時期があるとされています。これがラテン語のrhythmusに相当する言葉であったことは言うまでもありません。そして、このことは二つの重要な事実を指し示しているように思われます。

　ひとつは、ロマンス語にあっては当初より「詩≒リズム」であったか、あるいは、少なくとも詩にとって欠くことのできない要素、すなわち「詩を詩たらしめている」のがリズムと呼ばれるものであったということです。そしてもうひとつの重要な事実とは、「リズム≒アクセント」、すなわち、そのリズムなるものはアクセントの強弱によって形作られるという風に当時の人々が感じていたということです。

実際には、詩におけるリズムというのは決してアクセントの強弱によっての
み作られるわけではありません。古代のギリシアやローマの詩、いわゆる古典
詩における音節の長短もやはりリズムを作り出すためのものに他なりませんし、
さらには、こうした韻律法ばかりでなく、詩の内容や用いられる語彙、またそ
れらによって喚起されるイメージなどもおおいに関係しています。こういう広
義のリズムというものは、別に詩に限らず、小説のような散文作品、あるいは
戯曲やオペラにとっても極めて重要な役割を果たしており、例えば複数の登場
人物がどのような順序で登場し、作品中にどのように配置されているか、と
いったこともリズムの形成に深く関与しています。俳優が舞台や映画のスク
リーンで見せる怒りや悲しみの表現にしても、決して本当に怒り狂っている人
物や悲しんでいる人が採る行動をそのまま模倣したものではありません。怒り
や悲しみに特徴的ないくつかの表情や行為を、計算された一定のリズムに従っ
て組み合わせて構成してあるのです。ですから、こうした意味においては、リ
ズムとは文学や音楽にとどまることなく、ほとんどすべてのジャンルにおいて
芸術を芸術たらしめる要素だと言っても差し支えないでしょう。実際、美術や
建築などの造形芸術においてもリズムは決定的な役割を果たしています。
　ですが、私たちはイタリア詩のリズムに話を限定することにして、例を見な
がら細かく確認していくことにしましょう。次に挙げるのは、古今のイタリア
詩の中でも傑作中の傑作として名高い、ルネサンス期の詩人ルドヴィーコ・ア
リオストによる騎士物語詩『オルランド・フリオーソ』の第１行です。

Le donne, i cavallier, l'arme, gli amori

　ご覧のとおり、この**詩行**は、見たところ極端に単純な成り立ちを持っていま
す。４つの単語、いずれも定冠詞を備えた４つの名詞が、ただ並んでいるだけ
です。ただし、今の私たちにとっては、この単純さが非常にありがたい。余分
な要素がないだけに、**詩行**のリズムがどのように構成されているのかが非常に
分かり易いからです。もっとも、この**詩行**も本当はこれだけで完結しているわ
けではなく第２行へと繋がっているのですが、その第２行を切り捨ててしまっ
てこの第１行だけを取り出してみても、それ自身が見事にバランスを保ってい

ることを、これからご一緒に確認していきたいと思います。

　まず韻律法の面から眺めますと、この詩行は典型的な**後句切れ**の **11 音節詩行**です。

Le / don/ne, i / cavallier, ‖ l'ar/me, / gli a/mo/ri
1　❷　3　④ 5 ❻　❼　8　　9 ❿ 11

　強音節が❻❼と連続していますが、ちょうどこの間に**句切れ**がありますので問題はありません。その**句切れ**を挟んで、**前半行** primo emistichio ［プリモ・エミスティーキオ］は❷⑥❻が強音節という典型的な《弱強》リズムを持っています。もちろん実際に読む場合には第 4 音節にアクセントをつけることはしませんが、リズムの構成はまごうかたなき《弱強》ですので、これによって全体としては尻上がりのイントネーションを特徴とする **7 音節詩行**が形成されます。一方、**句切れ**の後の**後半行** secondo emistichio ［セコンド・エミスティーキオ］はどうかと言いますと、今度は❼❿にアクセントが置かれているために、前半行とは逆の尻下がりのイントネーションを持つ **5 音節詩行**になります。結果として、**句切れ**を中心に左右が対称形をなすような按配になるのです。いわばこんな【↗ ↗ ↗ ↘ ↘】イメージです。

　そして、こうした対称形の構成は、この**詩行**の内容ともよく一致しています。単純に並んでいるかのように見える 4 つの名詞ですが、それらは実は相互の位置関係が巧みに計算されているのです。すなわち、まず最初の名詞 donne「貴婦人」は、意味の上では最後の名詞 amori「愛」に呼応しています。一方、2 番目の名詞 cavallier「騎士」は同じように 3 番目の名詞 arme「武勇」に呼応するのです。このような 2 対の組み合わせにより、意味の上でもやはり**句切れ**を中心とする左右対称の構造が成立することになります。これは**交錯対句法** chiasmo［キアズモ］と呼ばれる修辞技法であって、韻律法とは関係がありません。関係はありませんが、この詩行にあっては、こうした修辞技法が韻律法と見事に重なりあって二重奏を奏でています。この調べをさらに補強するかのように、強音節の母音のみを取り出して順に追ってみますと、o-a-e-a-o となり、これまた**句切れ**を中心に左右対称形をなしているのです。

そして、こうした構造の中心に位置する**句切れ**ですが、そこにはひときわ目立つような工夫が凝らされています。はじめに触れたように、第6音節と第7音節という隣接する2つの音節が両方とも強音節であるというのがそれです。この状況はcavallieriという単語の語尾脱落によって引き起こされているわけですが、それが可能になるのも二つの音節の間に**句切れ**があればこそです。つまり、この**語尾脱落**により、他ならぬこの位置に**句切れ**の存在することがいやが上にも強調される結果になります。

　なお、**句切れ**を挟んで隣り合う2語はcavallierとarmeの対であり（つまり、donneとamoriの対ではなく、という意味ですが）、cavallierは複数です。筆者は思わずここに、それぞれ相手に向かって槍を水平に構え、自慢の軍馬を駆って全速力で突進する2人の騎士が真正面からぶつかり合う騎馬試合のイメージを見てしまいます。隣接する**強音節**は、さしずめ衝突の瞬間、後足立ちになった2頭の軍馬の高々と振り上げられた頭部といったところでしょうか。ですが、ここまで読み取ろうとするのは筆者の主観に過ぎませんので、あまりそのような視覚的イメージを固定しないでください。

　ただ、言い過ぎたついでに付け加えさせていただくなら、donneとamoriの2語は、あたかもそれぞれご贔屓の騎士の戦いぶりを不安と期待に包まれて見守っているかのように、騎士たちの背後に当たる場所に配置されていますが、背後とは言っても、詩行の中で最も重要な位置である行末に置かれているのがamoriであり、これと対をなすdonneが冒頭に位置することは見逃せません。すなわち、あれほど目立つように仕組まれていたcavallier / armeの対に対して、うまくバランスが保たれるよう計算されているのです。

　15世紀のイタリアを代表する知識人のひとりに、文学・法学・数学・建築など数多くの分野にわたって多大な業績を残したレオン・バッティスタ・アルベルティという人がいました。彼は、美の根源を《調和》と規定した上で、それを次のように定義しています。…美とは、あらゆる部分の調和と一致であり、そこに何かをつけ加えたり、取り去ったり、変更したりすれば、それによって美しさが損なわれずにはいない、そのようなものである…と。アリオストのこの詩行はまさにそうした美の概念を文学において具現化したものと言うこともできましょう。

　少し脱線しましたが、詩にとってリズムというものがいかに大切か、イタリア詩にとってはリズムこそがほとんどすべてだと言っても、あながち言い過ぎではないのだということがお分かりいただけたと思います。

§2.　脚韻の機能

　詩行がたった一行だけという詩も無くはないものの、多くの作品は複数の**詩行**を重ねて作られています。伝統的なイタリア抒情詩の代表的な詩形である**ソネット**sonettoは14行、**カンツォーネ**canzoneの場合は一定しませんが数十行から百行を超えるくらいですし、叙事詩となると数万行に達するものが珍しくありません。そしてひとつの詩を形成する複数の詩行は、相互に密接に関連付けられています。これから伝統的なイタリアの詩形の主なものをいくつか順に見ていくことにしますが、このように複数の**詩行**を相互に結び付け、それによってひとつの詩を成り立たせるような働きは**構築機能**funzione strutturante / funzione architettonicaと呼ばれます。こうした機能を持つ要素のうちで最も重要なのが**脚韻**（第2章§4）です。

　ただし、脚韻の果たす役割はこうした**構築機能**にとどまるものではありませんので、まずはじめに、その機能をひととおり見渡しておきましょう。

　もともと、同じ音の響きを繰り返すやり方は**語尾類音**omoteleuto / omeoteleuto［オモテレウト／オメオテレウト］と呼ばれる修辞技法でして、**脚韻**ももちろんそのひとつです。ただし、**語尾類音**そのものは別に**詩行**の行末でしか用いられないというわけではありませんし、詩ではなく散文においても用いられます。ということは、**脚韻**も**語尾類音**のひとつである以上、**構築機能**とは別に、一般に**語尾類音**が持っているような他の機能も併せ持っていることになります。実際、詩においても、押韻は決して行末でしか行なわれないというものではなく、ひとつの詩行の内部で韻が踏まれることもあり、これは**中間韻**rimalmezzo［リーマルメッゾ］と呼ばれます。

　脚韻であれ**中間韻**であれ、あるいは散文中に現れるものであれ、いずれにせよ**語尾類音**がありますと、それによって特定の語彙だけが強調され、周囲から

浮き立つ結果になります。ですから、そのような現象が一体どの単語で起きるのかという問題は、作品にとって非常に重要です。**脚韻**の場合には、ただでさえよく目立つ行末という位置に加えて、その上さらに**語尾類音**の効果が重なってくるわけで、押韻に使われる語彙の選択が持つ重みは計り知れません。例えばダンテの『神曲』においては、野卑な、あるいは常識的には到底〈詩的〉とは言いがたいような汚らしい言葉が行末に置かれ、これでもって押韻が行われているケースがあります。「汚い」sezzo、「愚かな」sciocco、「醜い」brutto、「（声の）しわがれた」chioccio といった形容詞、また名詞では、「泥」fango、「喉」strozza などです。これは明らかに意図的な選択の結果であって、そうした意図をさらに明確に表すために、意味のみならず音の面においても子音の連続する硬い響き、あるいは濁った響きが選ばれています。一方、ペトラルカの『カンツォニエーレ』にあっては、行末に置かれる語彙が美しいイメージと滑らかな響きを持った特定の言葉に限定され、それらの語彙が繰り返し繰り返し用いられる傾向が強い。言うまでもなく、これもまた意図的であって、決してペトラルカが頭の中に貧弱な数の語彙しか持っていなかったことを意味するものではありません。

　さらに、押韻に用いられる複数の言葉は、そのそれぞれが強調され、周囲から浮き立って響くのみならず、それら同士が相互に関連を持っているかのように、心理的な共鳴現象を起こすのが普通です。実際に amore-cuore「愛－心」、belle-stelle「麗しき－星々」など、そうした効果を狙った詩作の例は枚挙に暇がありません。ここには**連想機能** funzione associativa が働いていることになります。また、こうした**連想機能**は逆手に使われることもあります。例えば憂愁を感じさせる、あるいは深刻なイメージを持つ語彙を、あえてこれとは逆に普通は大して気に留められることもない日常の品々を指す言葉と組み合わせる手法があります。ある種の近現代の作品に見られるもので、passata / insalata「過ぎ去りし／サラダ」や Nietzsche / camicie「ニーチェ／ワイシャツ」といった押韻の仕方がそれです。いずれにせよ、**脚韻**に必然的に結びついた、あるいは意図的に結びつけられているこうした意味論的な効果は、本来、**構築機能**とは別物ですが、ただ実際の作品においてはいくつもの機能が同時に働くわけで、それぞれの機能は別々に感じ取られるのではなく、渾然一体となってそ

の効果を発揮します。いわば歌曲における歌詞とメロディーのような関係にあると言うことができます。

　脚韻にはまた**詩行**の終わりを示す働き、**境界機能**funzione demarcativaがあります。**脚韻**が踏まれていることによって、そこでひとつの**詩行**が行末を迎えているのだということが明瞭に感じられるからです。これもまた厳密な意味では**構築機能**ではありませんが、**韻律法**の上で一定の機能を果たしているものと解釈できます。もちろん、イタリア詩の**詩行**が一個の**詩行**として認識されるのは、**脚韻**によるのではなく、音節の数と**アクセント**の位置によるものであって、実際のところ、**無韻詩**versi sciolti と呼ばれる、**脚韻**を持たない詩であっても、少なくとも**一定音節数作詩法**isosillabismoに基く作品である限り、各**詩行**の行末を認識することは容易です。しかし、それでも**脚韻**が踏んであれば、それによって行末がより明瞭になることは間違いありませんし、様々な音節数の**詩行**が入り乱れる**不定音節数作詩法**anisosillabismoによる作品にあっては、どこが行末なのかを知るための目安として**脚韻**の果たす**境界機能**が重要になってきます。

　さて、**脚韻**の果たす機能のうち、まずは**構築機能**以外のものを概観してきたわけですが、そもそも**脚韻**にこうした様々な機能が備わっていることは、実は**脚韻**を意味する**リーマ**rimaという名称からも見て取ることが可能です。イタリア語のrimaという語彙は、古プロヴァンス語のrim、あるいは古フランス語のrismeに由来すると推定されますが、これらはいずれもラテン語のrhythmusをその語源としています。§1でも述べたように、初期のロマンス語の詩に関しては、音節の長短をベースとする古典詩に対して、アクセントの強弱に基づく詩という意味でこれをritmusと呼んだ時期がありました。今、**リーマ**rimaという用語がやはり同じルーツを持っているということは、要するにそれが当初は「詩」そのものを意味していたこと示唆しています。そして、このような「詩」の同義語としてのrimaという語彙は、後に見るようにペトラルカによっても作品中に使われており、これがそのまま『カンツォニエーレ』の成功を通じて近代に至るまで使われ続けることになります。

　そんなわけで、**脚韻**はことほどさようにイタリア詩にとってなくてはならな

いものと考えられていました。**脚韻**の類を一切持たないイタリア語の詩が初めて作られるのは16世紀です。ジャン・ジョルジョ・トリッシノ（Gian Giorgio Trissino 1478-1550）という文人の書いた『ゴート族から解放されたイタリア』*L'Italia liberata dai Goti*という叙事詩がそれなのですが、この作品は古代ギリシア・ローマの詩、すなわち古典詩からの影響を被った、と言うよりも、実はそうした古典詩の形式をイタリア語に適用しようとする意欲的な試みでした。古代ギリシア語あるいは古典ラテン語の詩には**脚韻**が無いのです。

　文芸復興〔ルネサンス〕の時代であった16世紀にあっては、芸術や文化のみならず政治や軍事に至るまで、およそあらゆる分野において古代ギリシア・ローマがモデルとされました。古代ギリシア劇を復元しようとする試みからオペラが生み出されたのもこの時代です。トリッシノは、建築においても古代風の様式の再現を目指して、ひとりの若い石工に目をつけ、彼を教育して、当時はまだ存在しなかった近代的な意味における《建築家》に育て上げます。やがてパッラーディオという名で活躍を始めたこの建築家の残した作品は、その後の西洋建築史の流れに最大級の影響を及ぼすことになりました。しかし、詩作法に関しては、トリッシノの試みがその後のイタリア文学の流れを大きく変えることはありませんでした。すなわち、イタリア詩は**脚韻**を踏むものであるとする伝統は、トリッシノ以後も近代に至るまで絶えることなく維持されるのです。

　なお、古代ギリシア・ローマの詩が**脚韻**を持たないことは、当然ながらトリッシノ以前にもよく知られていました。しかし、何かにつけて古代ギリシア・ローマを模範にしようとした16世紀の人々も、母音に長短の別のないイタリア語で詩を作るに当たっては、脚韻こそが、音節の長短に基く韻律法によって古典詩が達成していた調和を得るために不可欠な要素であると考えていたのです。

§3.　叙事詩の形式　その1

1. 吻合韻

　それでは**脚韻の持つ構築機能**について、単純な構成のものから順に見ていくことにしましょう。最も単純なのは、ＡＡという形式を持つ**吻合韻**あるいは**連押韻**rima baciata［リーマ・バチャータ］と呼ばれるものです。ＡＡＡＡ……とすべての詩行を全部これで押し通したものは**単一脚韻**monorima［モノリーマ］と呼ばれますが、最小の単位としては２行のみをこれで押韻したものということになります。実際にはＡＡＢＢＣＣ…といった具合に２行ずつを一組にしたものが最も一般的で、中世の北フランスで流行した**ロマン**romanと呼ばれるジャンルの作品がこのような構造を持っています。イタリア語でもブルネット・ラティーニという13世紀の文人が『テゾレット』*Tesoretto*という作品をこの形式で書いており、この作品はダンテの『神曲』の先駆的試みであるとも言われていますが、イタリアではこの詩形はあまり普及しませんでした。

　ここでは**吻合韻**の最も単純なケースの一例として『白雪姫』の一節を取り上げてみましょう。物語の冒頭近くでお妃様が魔法の鏡に向かって尋ねる言葉 –「鏡よ、鏡、この世で一番美しいのは誰？」– というのをご存知でしょう。『白雪姫』はグリム童話のひとつですので、オリジナル・バージョンはイタリア語ではありませんが、イタリアでは通常お妃様のこのせりふは次のような形で知られています。一度、できれば声に出して読んでみてください。

-Specchio, specchio delle mie brame, chi è la più bella del reame?-

　直訳すると、「鏡よ、私の欲望の鏡よ、王国で一番美しい女性は誰？」といったことになります。内容に関して言えば、これと日本で流布している「鏡よ、鏡、この世で一番美しいのは誰？」との間にある相違は、とりあえず問題にするほどのものではありません。それよりも、これがただのせりふ、つまり散文ではなく、一種の詩であることにお気づきになったでしょうか。納得できない方はもう一度本書の第２章に戻ってみてください。その上で、お妃様のせりふ

を次のように書き直してみましょう。

Spec/chio, / spec/chio, / del/le / mie / bra/me,
❶　　2　　❸　　4　　⑤　6　7　　❽　9
chi è / la / più / bel/la / del / re/a/me?
❶　2　　3　　❹　5　⑥　7　❽　9

　これではっきりしたと思いますが、音読あるいは黙読した段階で、問題のせりふをこのように2行の9音節詩行から成り立っているものとお感じになられたでしょうか。随所に**語間合音**や**語内分音**などの現象の起きていることが分かりますね。リズムは《強弱》か、あるいは《強弱弱》のいずれかです。この二つはどちらも頭に強音節を持つタイプなので、言葉がギクシャクすることなくたいへん滑らかに流れますが、この2種のリズムを単純に繰り返すのではなく、巧みに組み合わせることによって過度の単調さを回避していることにも注意してください。

　あるひとつのタイプのリズム、例えば《強弱》、が二度以上繰り返されると、人間の感覚には心理的な慣性力（イナーシャ）が生じて、ひとりでにその次にも同じ《強弱》リズムが響くことを予期してしまいます。このせりふの1行目においてはまさにそうした状況が現れています。とりわけここでは、二度繰り返される《強弱》のリズムが、「鏡よ」specchioというまったく同一の語彙を二度繰り返すことによって得られており、従ってそれが繰り返しであることがいやが上にも強調されます。そこで、これに続く次の箇所、つまり3度目の《強弱》が予期される場所には、敢えて少しだけそれを外した《強弱弱》というリズムを持ってきているのです。こうすることにより、詩行があまりに単調で退屈な響きになってしまうのを防ぐことができます。2行目においては、《強弱》リズム3単位と《強弱弱》リズム1単位の組み合わせという点は1行目と共通していますが、今度はその並べ方を微妙に変えることによって、やはり単調に陥るのを避けています。

　そして、この2行を組み合わせるに当たって用いられているのが、行末の**-ame**という**吻合韻**（brame-reame）なのです。『白雪姫』の物語を読み聞か

されるイタリアの子供たちは、お話がこのお妃様の言葉に差し掛かると、それまで散文で進められてきた物語のいわば「地」の部分とは異なるリズムがあたりの空気を支配するのを感じます。これが前に§1でお話しした《歪み》です。詩のリズムによって言語空間がそこで《歪められた》のです。彼らは、brame「欲望」とreame「王国」という２語に含まれる -ameという響きが繰り返されるのを聞き取り（←**語尾類音**の効果）、そこに注意を引かれます。しかも、この２語はそれ以外の、例えばspecchio「鏡」やmie「私の」、あるいは"Chi è?"「誰？」などといった日ごろ慣れ親しんでいる日常語とは大いに雰囲気を異にする古語です。子供は「欲望」を意味する日常語としては、vogliaか、せいぜいdesiderioしか耳にしません。「王国」も通常使われる語彙はregnoであってreameではありません。意味についてはre「王様」から推測できるかもしれませんが、reameという言葉自体はやはり相当に聞きなれない語彙です。それが同じ音の繰り返しとともに響くわけですから、この２語を深く心に刻み付けることになります。そうすることによって、そこにひとつの切れ目を見出し（←**境界機能**の働き）、つまるところ、このお妃様の言葉は２つの部分から、要するに２つの詩行からなっているのだと認識する（←**構築機能**の働き）に至るのです。

2．交代韻

吻合韻よりも一段階だけ複雑化したタイプが**交代韻**rima alternata［リーマ・アルテルナータ］と呼ばれるもので、ＡＢＡＢという形式です。これはもちろん２行だけでは成立しません。最小単位は２行であると言うべきでしょうが、それだけでは押韻したことになりませんから、その最小単位が２組、つまり計４行が必要になります。このように４行を一単位とするまとまりを、**4行詩連**quartina［クヮルティーナ］と呼びます。そして、同一の脚韻を使って**11音節詩行**の**4行詩連**を２つ並べ、合計8行でＡＢＡＢＡＢＡＢという**脚韻**形式をとった民衆詩が、中世のイタリアには実際に存在していました。**ストランボット**strambottoあるいは**オッターヴァ・シチリアーナ**ottava sicilianaと呼ばれるもので、イタリア抒情詩の代表的詩形である**ソネット**sonetto〔後

述〕の原型ではないかとも言われています。

3．オッターヴァ・リーマ

　また、やはり**11音節詩行**で**交代韻**を6行に渡って繰り返した後、これとは異なる**吻合韻**を踏んだ2行を加え、合計8行で詩連を作ると、ＡＢＡＢＡＢＣＣという形式になりますが、これこそは文学史上イタリア叙事詩の主流となる**オッターヴァ・リーマ**ottava rimaに他なりません。**オッターヴァ・リーマ**（あるいは単に**オッターヴァ**）の8行からなる詩連のことを**スタンツァ** stanzaとも称します。ここでは、§1.でその第1行を取り上げたルネサンス期の詩人ルドヴィーコ・アリオストの『オルランド・フリオーソ』第1歌の第1**スタンツァ**を見てその押韻のしかたを確認しましょう。

Le donne, i cavallier, l'arme, gli amori	**A** (-ori)
le cortesie, l'audaci imprese io canto,	**B** (-anto)
che furo al tempo che passaro i Mori	**A** (-ori)
d'Africa il mare, e in Francia nocquer tanto,	**B** (-anto)
seguendo l'ire e i giovenil furori	**A** (-ori)
d'Agramante lor re, che si diè vanto	**B** (-anto)
di vendicar la morte di Troiano	**C** (-ano)
sopra re Carlo imperator romano.	**C** (-ano)

貴婦人を、騎士を、武勇を、そして愛を
雅びの振る舞いと、危険を顧みぬ冒険を歌わん。
その昔、ムーア人たちがアフリカより
海をおし渡り、大いにフランスを荒らせし頃のこと。
それも、彼らの王アグラマンテの怒りと
若さゆえの狂気に率いられてのこと。　彼は
トロイアーノの死をば、ローマ皇帝カルロの
頭上に報いんものと、驕りに逸ったのであった。

(*Fur.* I - 1, vv. 1 - 8)

　そもそも叙事詩は物語の進行に大きな比重が置かれることからも、詩形の方はそれほど凝ったものにはなりません。**オッターヴァ・リーマ**の場合も、上に見るとおり、**スタンツァ**の成り立ちは**11音節詩行**のみで構成される**一定音節数作詩法**によっており、**脚韻**の構成も非常に単純です。同一の**交代韻**の繰り返しと、それよりもさらに単純な**吻合韻**を組み合わせて作られています。この詩節の場合、用いられた3つの脚韻は、**A** (-ori)、**B** (-anto)、**C** (-ano) と、いずれも -a- , -o- といった、口を大きく開いて発音する明瞭な母音を中心にしたもので、子音は少なく、その少ない子音の中に、-s- impuraや -z- 、それに -ch- や -gh- など硬質な響きをともなう音は見当たりません。また、子音同士が隣り合うのは**B** (-anto)の -nt- という箇所のみです。このようにして滑らかで響きの良い**スタンツァ**が得られているのです。

　こうした**オッターヴァ・リーマ**の形式で書かれたものとしては、ボッカッチョによる『フィローストラト』*Filostrato*が、知られている限り最古の作品です。これはトロイア戦争を背景とした恋愛叙事詩で、内容の面では12世紀に北フランスで発達した**ロマン**に近いのですが、詩形はこれとはまったく異なります。**ロマン**は、いかなる**詩連**にも分割されないひとつづきの構造を持ち、**吻合韻**による**2行詩連**が延々と連続していく形式（ＡＡＢＢＣＣＤＤ・・・）を特徴としますが、これに対して『フィローストラト』は上に引用したアリオストの作品とまったく同じ構造を持っているのです。このため、古くから**オッターヴァ・リーマ**という詩形そのものもボッカッチョの考案になるものであるとされてきました。しかし、確実にそうであると主張するに足る根拠もないことから、これを疑問視する声もあり、『フィローストラト』以前に民衆向けの朗唱詩である**カンターレ**cantareというジャンルがすでにこの形式に到達していて、ボッカッチョはそれを取り入れたのではないかと考える研究者もおり、論争が続いてきました。

　他の事柄についても言えるのですが、しばしば西洋の知識人は、自分たちの文化にとって何か重要なものが民衆的・自然発生的な起源を持つのか、それとも誰か特定の有能な人物による発明なのか、という問題に強いこだわりを見せます。これは、人間の文明というものの原動力を民族的なエネルギーに求める

ローマン主義的な思想と、これとは対照的に唯一絶対のモデルを美の基準にしようとする古典主義的な考え方の対立にも関係しているのだろうと思いますが、見方によっては必ずしもさほど重要なことではないように思われます。

オッターヴァ・リーマに関して言いますと、仮にこの詩形を考案したのがボッカッチョ自身ではなかったとしても、その誕生はボッカッチョの活動とほぼ同時代であったと思われますし、何よりも、それを用いて文学史に残る傑作を初めて書いたのが彼であったことは間違いありません。もし曲がりなりにも『フィローストラト』と比較できる水準の作品がボッカッチョ以前に作られていたのならば、たとえそれが何らかの事情で失われてしまったとしても、その評判や作品に関する言及さえ一切残らないというのはちょっと考えられないことだからです。ですから、その後のイタリア叙事文学において**オッターヴァ・リーマ**が主流となっていくに当たり、ボッカッチョの果たした役割は、いずれにせよ圧倒的に大きなものだったと言うことができます。

さて、そんなわけでこの詩形の発展の初期においてボッカッチョの存在が非常に重要であったのは事実なのですが、その後、**オッターヴァ・リーマ**を最高度に洗練させ、もって後に続く詩人たちの模範ともなったのは16世紀のアリオストでした。そこで先に引用した『オルランド・フリオーソ』の最初の**スタンツァ**に戻って、**交代韻**と**吻合韻**の組み合わせにより構成されるその構造をもう少し詳しく見ることにしましょう。

まず、最も大きな特徴は、**脚韻**の最小単位を構成するＡＢ、あるいはＣＣという２行でもって意味上のまとまりが作られている点です。構文として、このスタンツァは全体でひとつの文を形成していますが、最初の２行はその文の主節を形成します。

Le / don/ne, i / ca/val/lier, / l'ar/me, / gli a/mo/ri　　　　1
　1　❷　　3　④　5　❻　　❼　8　　9　❿　11
le / cor/te/sie, / l'au/da/ci im/pre/se io / can/to,　　　　2
　1　②　3　❹　　5　❻　7　❽　9　　❿　11

　第2行の末尾に位置する "io canto" というのが主節の主語と動詞であり、残りの部分はすべて他動詞 cantare の直接補語です。冒頭のこの2行は、それを聞いた瞬間、読者にダンテの『神曲』煉獄篇の一節や、そのダンテとも因縁浅からぬ古代ローマの詩人ウェリギリウスの代表作『アエネーイス』の冒頭など、過去の著名な詩人たちの作品を思い起こさせるように作られているのですが、それはともかくとして、ここではこの2行だけでも一個の文として立派に成立するように構成されている点に注目してください。また、リズム構成においてこの2行は基本的によく似ています。基調はいずれも《弱強》リズムであり、その中に§1.ですでに触れたようなテクニックによって躍動感が盛り込まれ、また第1行が**後句切れ**であるのに対して第2行は**前句切れ**となって、ここでも単調さが回避されています。

　では、続く次の2行はどうでしょうか。再びＡＢという脚韻が繰り返されるこの2行も、やはり構文の上でひとまとまりになっています。先の2行で直接補語になっていた、le donne, i cavallier, l'arme, gli amori, le cortesie, l'audaci imprese の6語を先行詞とする関係節がちょうどこの2行に相当するからです。

che / fu/ro al / tem/po / che / pas/sa/ro i / Mo/ri　　　　3
　1　❷　3　❹　5　⑥　　7　❽　9　❿　11
d'A/fri/ca il / ma/re, e in / Fran/cia / noc/quer / tan/to,　　　　4
　❶　2　3　❹　5　　❻　7　❽　9　　❿　11

　今度もリズムの具合を確認しましょう。第3行は《弱強》リズムをベースとする**前句切れ**で、その構成は第2行とよく似ていますが、第4行の冒頭には一転して《強弱弱》リズムが現われます。こうした変化は、実はこの第4行が全

体の流れの中で一つの区切りをなすこととあいまってたいへん効果的です。このスタンツァは、先に申しましたように全体でひとつの文を構成していますが、ここまで、すなわち第1行から第4行までの4行だけで文が終わっていたとしても別におかしくはなく、残りの第5行以下第8行までの4行は別のひとまとまりを形成するのです。

　では、その第5行から先を確認していくことにしましょう。今度は構文上必ずしも〔2行＋2行〕という構成にはなっていません。

se/guen/do / l'i/re e i / gio/ve/nil / fu/ro/ri　　　　　　5
　1　❷　3　❹　5　⑥　7　❽　9　❿ 11

d'A/gra/man/te / lor / re, / che / si / diè / van/to　　　　6
　1　2　❸　4　5　❻　7　8　❾　❿ 11

di / ven/di/car / la / mor/te / di / Tro/ia/no　　　　　　7
　1　❷　3　❹　5　❻　7　⑧　9　❿ 11

so/pra / re / Car/lo im/pe/ra/tor / ro/ma/no.　　　　　　8
❶　2　3　❹　5　⑥　7　❽　9　❿ 11

　この4行は、まず第6行の**前半行**までと、それ以下第8行の終わりまで、というやはり二つの部分からなることがお分かりでしょうか。全体は“seguendo”というジェルンディオに導かれる一種の従属節ですが、第6行の**後半行**以下は“Agramante”を先行詞とする関係節だからです。つまり、第6行から第7行にかけては叙述が行末で終わることなく連続しているのです。こういう具合にひとつの**詩行**の行末が意味上の区切りと一致せず、次の**詩行**へと文が続いていく現象は**アンジャンブマン**enjambementと呼ばれます。**アンジャンブマンは脚韻**と分かちがたく結びついた現象ですので、ここで取り扱っておきたいと思いますが、その前にこの後半部の4行の成り立ちを**韻律法**の面からも確認しておきましょう。

　第5行は《弱強》リズムで作られた典型的な**前句切れ**ですが、つづく第6行は、いかにも戦いに逸る若きサラセン王の武者震いを表現するかのような、躍動感に満ちた《弱弱強》リズムを刻みます。それはいいのですが、本来は弱音

節であるべき第9音節に、動詞dareの遠過去形が現れており、このdièという語には非常に強いアクセントが生じます。元来はdiedeという形を持つ活用形の最後の音節が**語尾脱落**によって失われ、単語そのものが**末尾第1音節強勢語**となっているからです。言うまでもなく次の第10音節もまた強音節であり、実際の発音の上でも強音節が連続する結果、**詩行**全体を通して強い躍動感が生れるのですが、これはもちろん破格です。そして、ここでは行末のアンジャンブマンとも密接に関係しています。アンジャンブマンがあるからこそ破格が不自然に響かないわけです。

　そして最終行である第8行は、それまで3行にわたって維持されてきた《弱強》リズムから一転して《強弱》リズムで始まります。このあたりの事情は、**スタンツァ**前半部の最終行であった第4行の場合と同様であって、内容・形式両面における区切りを予告するという意味を持つわけですが、今度は**脚韻が交代韻**ではなく**吻合韻**であるだけに、ここでひとつのまとまりが結びを迎えるのだということを訴える効果はより強いものとなっています。実際、ここでは**スタンツァ**そのものが終わりを告げるわけですから、単にその中のひとまとまりである前半部の終わりに過ぎなかった第4行の場合に比べると、求められる効果の強さもおのずと異なるわけで、そうした要請ともうまくバランスがとれていると言えます。

　では、最後に**オッターヴァ・リーマ**の**スタンツァ**の構造をもう一度おさらいしておきましょう。基本的な特徴は次のとおりです。

①**脚韻の最小単位**（ＡＢあるいはＣＣ）に相当する**2行詩連**が、意味上も文の要素としてひとつのまとまりを構成する。

②それら**2行詩連**がさらに2つ連なることによって、前半の4行と後半の4行がそれぞれさらに大きなまとまりを形成し、**スタンツァ**全体はこれら2つの部分から構成される。

§4．イタリア詩の技法 ①アンジャンブマン

1．バリエーションのひとつとして

　ところで、上にまとめたような**スタンツァ**の構造はあくまでも「基本」であって、実際の文学作品にあっては必ずしもこうした成り立ちが常に見られるわけではありません。単調さを避けるために様々のバリエーションが導入されるからでして、むしろ、こうしたバリエーションの付け方にこそ詩人の才能や腕前が問われるのだと言って差し支えないでしょう。音節数や脚韻などは伝統的な詩形を作る上で絶対に守らなければならない厳格な規則ですが、それ以外の要素に関しては、あくまでも「基本」を押さえた上で様々な「破格」が詩人の裁量に任されています。たった今、ごいっしょに確認した『オルランド・フリオーソ』第1歌冒頭の第1**スタンツァ**第6行の第9／10音節に見られる強音節の連続もその一例です。

d'A/gra/man/te / lor / re, / che / si / diè / van/to　　　　　6
　1　2　❸　4　5　❻　7　8　❾　❿　11

(Fur. I‐1, v. 6)

　本書第2章の§2を読み直していただくまでもなく、こんな詩行のあり方は「基本的に」は許されるものではありません。でも、大詩人アリオストは現にそれを実行しています。そして、今お話している**脚韻**と密接に関係してくるバリエーションのひとつが**アンジャンブマン**enjambementに他なりません。これは別に**オッターヴァ・リーマ**に限らずあらゆる詩形において用いられる技法ですので、先送りせずに今ここで説明しておきたいと思います。

　さて、これまでもっぱら**韻律法**だけを取り出してお話ししてきましたが、詩にも意味内容がある以上、通常はどんな詩もひとつの文として機能しています。つまり、統語法の規則に従って作られているわけで、まずもって普通は必ず動

詞があり、イタリア語ですのでこの動詞はいずれかの活用形をとっており、それが他動詞であれば直接補語もありますし、主語が明示されている場合もあります。その他、名詞には冠詞や形容詞が付属することもあれば、構文も従属節や関係節を伴うものであったりして、そうなると文構造はそれなりに複雑なものになりますから、必然的にかなり息の長い文になりがちです。実際、上に取り上げた『オルランド・フリオーソ』冒頭の**スタンツァ**にあっては、一つの文が全8行にわたって続いていました。

　言うまでもなく、**詩行**は基本的にこうした文構造と齟齬を来すことのないように作られるのが普通ですが、上に述べたよう事情から、よほど短い文でない限り、文全体を一つの**詩行**に収めてしまうことは困難です。11音節詩行はイタリア詩の中では比較的長い詩行ですが、それでも通常はひとつの文が複数の**詩行**にまたがることになります。

　アンジャンブマンという用語はもともとフランス語で、元来は否定的な意味を担って使われ始めました。ボワローという17世紀の文人が、詩行から詩行への「またがり」現象は忌避するべきであるという主張のもとに導入した用語だったからです。正確に申しますとボワローの使った用語は動詞enjamberだったのですが、いずれにせよ彼はフランスの詩がどのようなものであるべきかを論じた作品の中で、こうした「またがり」を好ましくないものと断じたのでした。しかし、イタリア詩にあっては中世から近代にいたるまで、こうした詩行から詩行への「またがり」現象はごくごく当たり前のものとして受け入れられており、それを指し示す用語が存在しなかったというのも、それがあまりに「当たり前」だったからに他なりません。ともあれ、イタリアには用語がなかったため、フランス語の**アンジャンブマン**という呼称がイタリアにおいてもそのまま外来語として定着し、現在に至っています。しかしながら、その意味するところは必ずしも単純ではないので、注意が必要です。

　まずもって、すでに見たとおり、イタリア詩においてはひとつの文全体を1**詩行**に収めてしまうこと自体が困難です。従って、構文が複数の**詩行**にまたがること自体は何ら特別なことではありませんし、これだけでは**アンジャンブマン**とはみなされません。つまり、たとえ構文の途中で行末を迎えても、それが文の自然な区切れと一致している限り、それは**アンジャンブマン**ではないというこ

とです。イタリア詩における**アンジャンブマン**というのは、構文の区切れと韻律法の区切れとの間に何らかの「ずれ」が生じているケースであり、従って読者がそこに差し掛かったときに、ちょうど日本語の詩歌において《字余り》や《字足らず》に遭遇したときに感じるのにも似た、リズムの乱れによる一種不自然な感触を抱かずにはいられないという、そんな現象を引き起こすものなのです。

　先に挙げた『オルランド・フリオーソ』の第1スタンツァを例にとってお話ししましょう。すでに確認したとおり、構文の区切れに当たる第2行の行末や第4行の行末には、もちろん**アンジャンブマン**は認められません。のみならず、第1行や第3行の行末も同様です。第1行から第2行にかけては、他動詞 "cantare" の直接補語に当たる合計6つの名詞が並置されており、そのうち4つが第1行を占め、残りの2つが第2行に配置されているわけですから、確かに構文としては第1行から第2行へは完全にひとつづきになっていますが、第1行の行末には韻律法との間の「ずれ」はまったく感じられません。

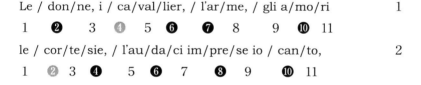

なぜここに「ずれ」が感じられないのかと申しますと、合計6つの名詞が並置されているというのは、その先の第2行を読んで初めて分かることであって、第1行だけしか読んでいない段階では、この先がどうなるのかはまだ分かりませんし、名詞を4つ単純に並べただけの成り立ちを持つ第1行そのものは、仮にそこで行末を迎えたところで叙述がいきなり中断されてしまったかのような印象を与えるものではないからです。また、第2行の冒頭においても、先に第1行で並置されていた名詞に引き続いてさらに別の名詞が並んでいるだけですので、続き具合は少しもおかしくありません。ごく自然に響きます。

　そういう意味で、この**スタンツァ**の中で**アンジャンブマン**と認められるのは第6行から第7行にかけてのみです。構文の区切れは明らかに第6行の第6音節にあり、次の音節から先は、すでに見たとおり Agramante を先行詞とする

関係節になり、そのまま次の第7行まで区切れなしに繋がっています。そして第6行の**後半行**で語られた"che si diè vanto"の部分ですが、まさか関係節がこれだけで終わったと感じる人はいないでしょう。ですから、読者（あるいは聴衆）は必然的にその続きがどうなっていくのかという点に好奇心をそそられ、期待を込めて待ち受けることになります。お分かりでしょうか。これこそが**アンジャンブマン**のもたらした効果です。§1でお話ししたように、**韻律法**というのはもともと自然な言語空間に《歪み》をもたらすものであるわけですが、**アンジャンブマン**は通常の歪みを超えたもうひとつ高い次元で《歪み》を作り出す技法であるとも言えるでしょう。

2．ペトラルカのアンジャンブマン

　さて、ここまでは大きな問題はないのですが、事はこれで終わるわけではありません。これから先が少々ややこしくなるのです。なぜならば、行末が構文の自然な区切れと一致せず、読者が中途半端な印象を受ける場合でも、それがひとつの技法として詩人により意識的に設定されたものなのかどうか、またそうした詩人の意識の差をそもそも問題にするかどうかによって、用語の意味が変わってくるからです。

　まず、単に文の自然な区切れと行末が一致しないというだけでしたら、すでに述べたとおりそれはごく初期のイタリア詩にもしばしば認められる現象です。が、ひょっとすると詩人としてはできればこういう事態を避けたかったものの、なかなかうまく行かなくてこうなってしまったのかもしれません。広い意味ではこれらも**アンジャンブマン**と呼ばれます。もちろん、曲がりなりにも詩人と呼ばれる程の水準に達した手だれならば、望みさえすれば構文の区切れと行末を一致させることくらいは当然できたでしょうから、そうした一致にあまりこだわらなかったか、あるいはバリエーションの一つとしてそこに何らかの面白みを見出していた可能性は十分にあります。例えばダンテが『神曲』地獄篇第5歌において次のような詩作をしている場合、決して能力不足やノンシャランによるものとは考えられません。

E/le/na / ve/di, / per / cui / tan/to / re/o
❶2　3　❹　5　6　❼　　❽　9　❿　11
tem/po / si / vol/se, e / ve/di il / gran/de A/chil/le,
❶　2　3　❹　5　❻　7　　❽　9　❿　11

ヘレネーを見よ。彼女のせいで多くの
災いが続いた。そして、偉大なるアキレウスを見よ。

(Inf., V, 64- 5)

　ですが、その一方で、これから述べるもっと後の時代の詩人たちとまったく
同様の意図を持ってダンテがこうした広義の**アンジャンブマン**を用いたのかと
言いますと、それは違います。なぜならば、このすぐ後の時代にイタリア詩の
世界に新しい頁を開くことになったペトラルカによって、明確に古典詩の影響
を受けた、意図的な**アンジャンブマン**が導入されることになったからです。
『**カンツォニエーレ**』1番の**ソネット**において、のっけに第1行目から現れる
アンジャンブマンはこの意味でほとんどマニフェストに近い存在感を示してい
ます。その効果は目覚しく、韻律法の束縛を振り切った、自由で流れるような、
それでいて独特の緊張感をはらむ響きは、それ以前のイタリア詩からは決して
聞くことのできなかったものでした。

Voi / ch'a/scol/ta/te in / ri/me / spar/se il / suo/no
❶　　2　　3❹　5　❻　7　❽　9　　❿　11
di / quei / so/spi/ri on/d'io / nu/dri/va 'l / co/re
1　　②　3　❹　5　❻　7　❽　9　❿　11

散り散りの詩の中に、私の心を育んでいた
ため息の音を聴く読者諸氏よ、

(Rvf, 1, 1- 2)

　ところで、筆者はたった今、「韻律法の束縛を振り切った」という、はなはだ

誤解を招きやすい表現を使いましたので、どうか間違いのないよう注意してください。ペトラルカはそれまでに形成されていた**韻律法**を無視したり、規則破りをしたわけではなく、それどころか、彼以前の詩人たちよりもさらに徹底して**韻律法**の精神に忠実であろうとしました。実際のところ、後のイタリア詩においてカノンとみなされることになる特徴の多くは、実質的に彼によって作り出され、定められたものです。一般に芸術においては、《束縛から解き放たれる》とか《自由になる》などといった表現は、非常に抽象的な意味でしか使うことができません。芸術家によって行われる実際の作業は、そうした解放的・破壊的イメージとは程遠く、むしろ伝統の中に流れる精神を煮詰めて、煮詰めて、とことん追求していくことの中に存する場合が少なくないのです。ペトラルカの行なったのもそうした作業でした。

3．タッソのアンジャンブマン

　ところが16世紀になると、これをさらに一歩進めて、構文上、故意に不自然な箇所で詩行が行末を迎えるよう設定することにより、いわば**韻律法**と内容表現の間に意図的に断絶を作り出して、これを積極的に表現効果に結び付けようという試みが行なわれるようになります。ちょうど造形芸術の分野において、それまで古代ギリシア・ローマの様式を再現することに努力を傾注してきた芸術家たちが、ミケランジェロがそうであったように、自分たちはすでにその目標を達成したと感じ始め、これからは古代作品を超える新しい美を創りだそうと努めるようになった、そんな状況と似た段階が詩の世界にも到来していたのです。

　イタリア詩においては、もともと当然のこととして用いられていた**アンジャンブマン**を第一世代、そして古典詩の影響下にペトラルカによって意識的に導入されたそれを第二世代としますと、16世紀のそれは第三世代という風に考えることもできます。この世代に一番乗りを果たした詩人が誰であったのかについては諸説あって必ずしも定かではありませんが、『ガラテーオ』*Galateo*という礼儀作法に関する著作で有名なジョヴァンニ・デッラ・カーサや、**オッターヴァ・リーマ**による叙事詩の傑作『イエルサレム解放』*Gerusalemme* *liberata* を書いたトルクァート・タッソなどが、こうしたタイプの**アンジャン ブマン**を駆使した詩人として知られています。

　この世代の**アンジャンブマン**は、それまでとは異なる種類の効果を求めて用い られました。ペトラルカの導入したそれが**詩行**から**詩行**への流れを滑らかに、 自由にするものであったのに対し、タッソの**アンジャンブマン**はしばしばこれと は逆に流れを滞らせ、極度の緊張を作り出すために導入されています。例えば、 クラウディオ・モンテヴェルディの音楽作品《タンクレーディとクロリンダの 戦い》に使われた詩を取り上げて見ましょう。この詩は『解放されたイエルサ レム』第12歌の一部を抜き出したものですが、その中に次のようなくだりが あります。詩形は**オッターヴァ・リーマ**です。

e la man nuda e fredda alzando **verso**　　　　　　　　　5

il cavaliero in vece di parole　　　　　　　　　6

gli dà pegno di pace. In questa forma　　　　　　　　　7

passa la bella donna, e par che dorma.　　　　　　　　　8

そして冷たい素手を、騎士の方に
差し伸べ、言葉に代えて
和解の標を示す。　そして、その姿のまま
美しい女は眠るがごとく、逝った。

　　　　　　　　　　　　　　　　　　　(*Lib.* XII‐69, vv. 5‐8)

　まず、この第5行から第6行に掛かるアンジャンブマンですが、これは "verso / il cavaliero" というひとまとまりの詩句が、前置詞とそれに続く名 詞の間で切断されているものです。そして、このひとまとまりだけを見る限り、 特別に劇的と言えるような現象は起きていません。ちょうど同じ verso とい う前置詞の関係する**アンジャンブマン**でこれとよく似たものは、アリオストの 『オルランド・フリオーソ』の中にも見出されますので、これと比較してみま しょう。

Vede il periglio Brandimarte, e **verso**　　　　　5

il re Sobrino a tutta briglia corre;　　　　　6

e lo fere in sul capo, e gli dà d'urto;　　　　　7

ma il fiero vecchio è tosto in piè risurto;　　　　　8

ブランディマルテは危険を見て取るや

ソブリーノ王の方へと全速力で駆け寄り

その面を打ち、突きを食わせる。

が、猛々しい老騎士はすぐさま立ち直った。

(Fur. XVI‐88, vv. 5‐8)

　こちらも "verso / il re Sobrino" というひとまとまりが、まったく同様に前置詞versoの直後で行末を迎えています。ところが、この二つの**アンジャンブマン**の間には根本的な違いがあるのがお分かりでしょうか。アリオストのそれが**アンジャンブマン**としてごく普通の効果しか備えていないのに対し、タッソのそれは脈絡の上でまったく別の種類の効果を持っています。これは長時間にわたる激しい戦いの後、とうとうタンクレーディに討たれて今や死に瀕したクロリンダが、もはや声をあげることもできぬまま弱々しく手を差し伸べるシーンです。こちらの前置詞versoには、彼女が冷たい裸の手をやっと差し伸べようとしている、その方向に一体何があるのかを、非常なテンションをもって読者に考えさせる力が込められているのです。何に向かって彼女はその手を差し伸べようとしているのでしょうか？今まさに彼女の魂を迎え入れようとしている天か、それとも…？　そして、この高いテンションを保ったまま、読者は続く第6行の冒頭へと導かれます。すると、そこにはil cavaliero、すなわちタンクレーディがいたのです。愛するクロリンダに、そうとは知らぬまま致命傷を与えてしまったタンクレーディが。

　そして、このような劇的な効果はこの**詩行**をもって終わるわけではありません。第6行の行末にも、さらにその次の第7行の行末にも、次々と**アンジャンブマン**が現れるのです。ひとつひとつ確認していきましょう。まず、第6行は "in vece di parole" という表現で行末を迎えるのですが、これは第5行にあった

"la man nuda e fredda alzando"から続いている表現であるかのように感じられます。すなわち、もはや声を発する力も残っていなかったクロリンダが、「言葉に代えて」「冷たい裸の手を」差し伸べようとした、という意味であるように解釈される。少なくとも、この段階にあっては…。そして、もしそうであるならば、この第6行の末尾には**アンジャンブマン**は存在しません。

e la man nuda e fredda alzando **verso**	5
il cavaliero in vece di parole	6

ところが、続く第7行へと読み進んだとき、実はそうではなかったことを読者は悟ります。

...... in vece di parole	6
gli dà pegno di pace. In questa forma	7

　そうです。本当はここにもまた**アンジャンブマン**があって"in vece di parole / gli dà pegno di pace."という具合に第7行へと続いているのです。つまり、クロリンダは「言葉に代えて／和解の、平和の標を示そうと」していたのです。この仕草には、今や戦いが終わり、相手と和を結ぼうとする姿勢を示すと同時に、かつての敵に今は祝福を与えようとしているクロリンダの姿も重なり合います。このイメージを受け継ぐかのように**詩行**は"In questa forma…"と続き、そして、またしても**アンジャンブマン**です。

..... In questa forma	7
passa la bella donna, e par che dorma.	8

　暗示に満ちた美しい姿勢を保ったまま、ついにクロリンダは息を引き取ります。やはり、あの仕草には祝福の意味が込められていたのだ…。ここに至って読者はそれを確信し、そして最後にもう一度、今は動かぬクロリンダへと視線を落とします。と、そこには、あの長く激しかった戦いと、それに続く彼女の

過酷な死を思わせる空気はもはや微塵もなく、平安に満ちた眠るがごとき穏やかな死に顔が…。今にして思えば、あの三重に連なっていた**アンジャンブマン**には、今にも力尽きんとするクロリンダの不規則な息づかいを聞き取るべきだったのかもしれません。

　いかがでしょうか。このような強いインパクトを備えた、極度に劇的な効果を持つ**アンジャンブマン**こそが、第三世代の**アンジャンブマン**なのです。実を言いますと、筆者の個人的な好みは、どちらかと言いますとタッソよりもアリオストにあります。ですが、今ごいっしょに読んできたような作品に接しますと、改めてタッソの天才ぶりと、彼の詩作への打ち込みように感嘆せざるを得ませんし、またそれと同時に、両者の生きた時代の違いというものをまざまざと見せつけられる思いがします。いや、本当はそれぞれの時代のイメージなるものこそ、その少なからぬ部分が、実際にはこうした代表的な芸術作品によって形作られているのかもしれません。絵画においてもレオナルドやラファエロの時代は完全に過ぎ去り、今やカラヴァッジョの活躍が始まろうとしていました。

　ともあれ、ご覧頂いたように、とりわけこの種の**アンジャンブマン**は、純粋に**韻律法**にのみ属しているのではなく、**韻律法**と詩の内容の両方にまたがって効果を発揮する技法なのです。

§5．叙事詩の形式　その２

1．連鎖韻とテルツァ・リーマ

　脚韻の説明から脱線して、長々と**アンジャンブマン**についてお話ししてしまいましたが、そろそろ元に戻って、**オッターヴァ・リーマ**とは別の重要な叙事詩の詩形をもう一つご紹介しましょう。それは、イタリア語の父とも称される詩聖ダンテ・アリギエーリの代表作『神曲』において用いられた、**テルツァ・リーマ** terza rima と呼ばれる詩形です。『神曲』冒頭を見ながら、まずはそれがどのような形式であるのかを確認しましょう。

Nel mezzo del cammin di nostra **vita**

1 **2** 3 **4** 5 **6** 7 **8** 9 **10** 11

mi ritrovai per una selva osc**ura**

1 2 3 **4** 5 **6** 7 **8** 9 **10** 11

ché la diritta via era smarr**ita**.   3

1 2 3**4**5 **6** **7**8 9 **10** 11

私たちの生の歩みの半ばにあって
私は自分が暗い森の中にいることに気づいた。
まっすぐな道は見失われていた。

Ahi, quanto a dir qual era è cosa d**ura**

1 **2** 3 **4** 5**6** 7 **8** 9 **10** 11

esta selva selvaggia, e aspra e f**orte**

12 **3**4 5**6** 7 **8** 9 **10** 11

che nel pensier rinova la pä**ura**!   6

1 2 3 **4** 5**6**7 **8** 9**10**11

ああ、その深い森がどのようであったか
語るのも辛いことだ。険しく、恐ろしい場所で、
思い出すだに恐怖がよみがえってくる。

Tant'è amara che poco è più m**orte**;

1 2 3 **4**5 6 **7** 8 9 **10** 11

ma per trattar del ben ch'i vi trov**ai**,

1 2 3 **4** 5 **6** 7 **8** 9**10**11

dirò dell'altre cose ch'i v'ho sc**orte**.   9

1**2** 3 **4** 5 **6** 7 **8** 9 **10** 11

その苦さは死に勝ることもないほど。

しかし、そこに私が探り当てた幸いについて語るために
その場所で見た他のさまざまな事を告げよう。

(Inf. I, 1‐9)

　ご覧のように、これも**オッターヴァ・リーマ**同様、**11音節詩行**による**一定音節数作詩法**による詩形ですが、こちらは3行が一組となっています。この一組を**3行詩連**terzina［テルツィーナ］と呼びます。また、それぞれの**3行詩連**にあってはＡＢＡという、一種の**交代韻**ともとれる単純な形式の脚韻が踏まれていますが、注目すべきは、続く次の**3行詩連**の最初の行と前の**3行詩連**の真ん中の行とが押韻によって結ばれている点です。同じ叙事詩でも、先に見た**オッターヴァ・リーマ**の場合には各**スタンツァ**がそれぞれ完全に独立していて、隣り合う別の**スタンツァ**との間には押韻による結びつきが見られなかったのに対し、この**テルツァ・リーマ**にあっては、ＡＢＡ／ＢＣＢ／ＣＤＣ／ＤＥＤ／…という具合に、ひとつの**3行詩連**から次の**3行詩連**へと、ちょうど鎖の輪が順々に繋がっていくように連続した押韻が行なわれ、全体が一本の鎖のように結ばれているのです。このような押韻の仕方を**連鎖韻**rima incatenata［リーマ・インカテナータ］と呼びます。

　こうした**3行詩連**の連鎖は、望めばいくらでも長くできるわけですが、実際には『神曲』の場合、百数十行で一区切りとなっており、このひとまとまりが**歌**canto［カント］と呼ばれます。そして、各歌（カント）の末尾は、最後の**3行詩連**の後にもう1詩行が加えられて結ばれます。つまり、…／ＸＹＸ／ＹＺＹ／Ｚという形で**歌**（カント）が締めくくられるわけで、その結果、最後の4行のみを取り出して眺めるならば、あたかも**交代韻**（ＹＺＹＺ）を踏んでいるかのように見えることになり、ちょうど**歌**（カント）の冒頭部分（ＡＢＡＢ）といわば対照形をなすような終わり方であると見ることができます。

　叙事詩の詩形として、この**テルツァ・リーマ**の構造はたいへんよくできていると言えましょう。先にご紹介した**オッターヴァ・リーマ**は、ひとつの**スタンツァ**が8行（脚韻：ＡＢＡＢＡＢＣＣ）からなり、その**脚韻**は他の**スタンツァ**とは関連を持たず、従って、それぞれの**スタンツァ**が独立した形で次々と現れ

ては消えていくという、そんな形式でした。この形式ですと、なにせ一個の**ス
タンツァ**の中に11音節詩行が8行ありますから、ここだけでもそれなりの内
容を盛り込むことができます。先にアリオストの作品を例にとって確認したと
おり、8行からなる**スタンツァ**はそれ自体、多くの場合、二つの部分からなっ
ているくらいでして、これは要するにおよそ二つの文を収めることが可能なだ
けのキャパシティを持っていることを意味します。ですから、ひとつの**スタン
ツァ**が終わったら次の**スタンツァ**へ、その後はまた次の**スタンツァ**へ・・・、
という具合に、ひとつひとつ区切りを付けながら物語を先へ進めていくにはた
いへん都合の良い詩形だということになります。

　これに対して、**テルツァ・リーマ**の**3行詩連**はたったの3行ですから、まと
まった内容を表現するためのいわば最低限の字数と言って差し支えないでしょ
う。上に述べたように**オッターヴァ・リーマ**の1**スタンツァ**が二つの文を収め
るとしますと、平均して半**スタンツァ**すなわちざっと4行が一つの文に相当す
ることになります。**テルツィーナ**の3行というのはこれより25％も少ないわ
けです。

　しかしながら、この少ないキャパシティを補って余りあるのが、ひとつの**3
行詩連**から次の**3行詩連**へと鎖の輪を繋いでいく、あの特徴的な押韻方法、す
なわち**連鎖韻**に他なりません。

　このように考えますと、同じく叙事的内容を盛り込むにふさわしい詩形と言
っても、**オッターヴァ・リーマ**と**テルツァ・リーマ**の間には、おのずからその
性格にかなりの違いが生じることが予想されます。そうです。**オッターヴァ・
リーマ**はひとつひとつの**詩連**ごとに明確な区切りを付けながら前へ前へと話を
進めて行くのに適した詩形であって、ちょうどアリオストの『オルランド・フ
リオーソ』をはじめとする騎士物語詩のように、躍動的なシーンが次々と目の
前に現れては過ぎ去っていくようなタイプの作品にうってつけと言えます。

　一方、**テルツァ・リーマ**の方は、確かにある意味ではより小刻みになるもの
の、基本的にはもっと息の長い叙述を得意とします。この意味からも、ダンテ
の発明は実に的を射たものであり、これだけでも彼が天才的な詩人であったこ
とがよく分かります。『神曲』は当時の自然科学から文化・芸術、政治、宗教
に至るおよそあらゆる分野の百科全書的知識を総動員しながら、西暦1300年

という時点を宇宙の誕生からその終末までの全時間の中に位置づけようとしたと考えることも可能な、実に荘重かつ息の長い作品だからです。

2. テルツァ・リーマの源流

　さて、先に申しましたように、この詩形を発明したのがダンテであったことは間違いないものとされています。ただ、ダンテといえども神様ではありませんので、まったく何もないところからいきなり**テルツァ・リーマ**を創出したとは考えられません。発明の基となった何らかの材料があったと見るべきでしょう。

　その材料は**シルヴェンテーゼ**sirventeseと呼ばれる政治的な内容の詩だったのではないかと言われています。**シルヴェンテーゼ**というのは、イタリア文学よりもはるか以前にロマンス語による洗練された詩を創り出していた南仏の**トロバドール**trobadorたちの間ですでに成立していたジャンルでした。もっとも、政治的内容と言ったところでなにせ封建時代のヨーロッパの話ですので、例えば主君の武勇を賞賛する、主君の死を悼む（この種の哀悼歌は特に**プラーニュ** planhと呼ばれていました）、あるいは主君と敵対する領主や自分自身のライバルを揶揄したり、もう少し抽象的なものになると、聖職者たちの腐敗を糾弾したり、騎士道の凋落を嘆いたりといった種類の、いかにも中世ならではのテーマになります。時代が時代ですので、**十字軍歌**canso de croadaというのもよく作られました。

　ただし、同じ中世ヨーロッパとは言え、地域によって社会のあり方にはやはりかなりの違いがありました。例えば、フランスでは典型的な封建社会が成立していたのに対して、イタリアは早くから都市国家の世界になっていたのです。とりわけイタリア半島の北部から中部にかけては、たくさんの《コムーネ》と呼ばれる独立した共和制都市国家が成立しており、封建貴族よりもむしろこうした都市国家の方が強い勢力を誇っていました。ですから、政治も社会もこれら都市国家によって動かされ、維持されていたのです。そして、これらの都市国家は互いに激しいライバル意識を抱き、領土や商業上の権益をめぐって戦争や同盟に明け暮れていました。また、これに伴って、それぞれの都市国家の内部でも有力家門を中心とした党派抗争が盛んで、暴力沙汰にも事欠きませんで

したし、それが内戦にまで発展してしまうことも珍しくありませんでした。

　内戦となりますと、負けた側は国外に逃れざるを得ません。ただし、こうした人々を亡命者として受け入れる勢力はいくらもありました。「敵の敵は味方」というわけで、もともとライバル関係にあった近隣の都市国家は、亡命者たちを手助けすることによって何らかの利益を得ようと考えるのがむしろ普通でした。実際、亡命者たちは何とかして再び故国で政権の座に返り咲こうとしますので、そのために彼らが亡命先などの外国勢力と結託しては自分の国に戦争を仕掛ける、といった展開になりがちでした。そんなわけで、都市国家内部の党派抗争は、必然的に近隣の都市国家との対外戦争に結びつき、その戦争が今度はより大きな国や、場合によっては皇帝・教皇といった国際的勢力の介入を招いてさらに拡大していく、といった事態がしばしば引き起こされたのです。

　ダンテもまた、フィレンツェ共和国のこうした内部抗争の一方の側の代表格のひとりでして、自分の党派が敗北した結果、政権を掌握した相手側によって死刑を宣告され、亡命者として各地を転々としながら後半生を送った人間です。このような熾烈な党派抗争の有様は、例えば北イタリアの都市国家ヴェローナを舞台とする『ロメオとジュリエット』の物語を思い浮かべていただけば、およそ想像がつくのではないかと思います。あの物語そのものは完全なフィクションですが、背景として設定された有力家門同士の敵愾心や暴力沙汰、そしてこうした好戦的なスピリットや行動様式が一族郎党の隅々にまで行き渡っていた様子などは、中世末期のイタリア都市国家の実態を余すところなく示しています。

　そんなわけで、イタリアの**シルヴェンテーゼ**には必然的にこうした都市国家間の戦争や、都市国家内部の党派抗争をその糧とするものが多かった。先に**吻合韻**についてご説明した際に少しだけ触れた、ブルネット・ラティーニの『テゾレット』という作品もそのひとつです。ブルネット・ラティーニはダンテよりも一世代前のフィレンツェ共和国の政治家で、使節に赴いたスペインから帰国の途にあったピレネー山中で、彼の属していた与党のグエルフ党が、ライバルの都市国家シエナとそこにフィレンツェから亡命していたギベリン党の連合軍の前に大敗北を喫して壊滅したというニュースを聞き、そのショックと悲しみをこの詩に歌ったのです。『テゾレット』の場合はフランスの**ロマン**に倣って7

音節詩行の吻合韻で書かれていますが、そもそも**シルヴェンテーゼ**というのは詩の形式をあらわす言葉ではなく内容の面からなされたジャンル分けでして、形式は一定していませんでした。通常、南仏の**トロバドール**〔後述〕たちは**カンソ**cansoという抒情詩と同じ形式を使ったのですが、イタリアでは『テゾレット』のようにむしろ息の長い叙事詩的な傾向の強い作品が主流になっていきます。

　そして、そんな中には**11音節詩行**を単一脚韻で3行続けたうえ（ＡＡＡ）、これとは押韻しない**7音節詩行**ないし**5音節詩行**（b）を1行付け加え、合計4行（ＡＡＡb）を束ねて**1詩連**を作り、これを次々と連ねていくというものがありました。この場合、続く次の**詩連**は、前の**詩連**の最終行（b）と押韻して**単一脚韻**の3行（ＢＢＢ）を作ります。つまり、ＡＡＡb／ＢＢＢc／ＣＣＣd／・・・という具合に**詩連**から次の**詩連**へと脚韻で繋いでいくことによって、ひとつの長い鎖を作っていくわけです。

　実は、このように前の**詩連**の最終行とこれに続く**詩連**の最初の行で押韻する技法そのものはすでにトロバドールたちが使っておりまして、それは**コブラス・カプカウダーダス**coblas capcaudadasと呼ばれていました。ただし、トロバドールがこの技法を適用したのは、先ほど少し触れました**カンソ**という抒情詩であって、同じ技法でもそこで得られる効果はまったく異なります。**カンソ**というのは、同一の形式を持つ数行ないし十数行から成る**詩連**（これを**コブラ**coblaと言いました）がいくつか連なる形をとっていました。いくつか連なる、と言いましても、その数はせいぜい一ケタどまりです。それでも、こうした**詩連**のいずれかが歌い手の不注意によってうっかり飛ばされてしまったり、あるいは詩連の順序が入れ替わってしまったり、といった事故が起きやすかった。**コブラス・カプカウダーダス**というのは、そもそもはこうした事故を未然に防ぐことを目的として導入された技法であったと思われます。

　それはともあれ、いずれにせよ、**カンソ**の場合ひとつひとつの**コブラ**がかなりの長さを持っていますし、その一方、**コブラ**の数はせいぜい一ケタどまりですから、全体として鎖のような印象を与えることにはなりません。例えを使って表現するならば、鎖というよりは、奇術師があっという間に繋いだりバラバラにしたりして見せる、あの5～6個の金属の輪が一列に繋がった状態に近いとでも申せましょうか。

これに対して、イタリアの**シルヴェンテーゼ**のあるものに見られる上記の形式は、個々の鎖の輪は非対称のちょっと変わった形をしているものの、明らかに鎖の輪を繋いでいくような効果を持っています。この種のもので文学史上よく知られているのは『ランベルタッツィ家とジェレメイ家のシルヴェンテーゼ』*Sirventese dei Lambertazzi e dei Geremei*という通称で知られる作者不詳の作品で、ランベルタッツィ家とジェレメイ家というボローニャの2つの家門の間に繰り広げられた抗争を歌ったものです。冒頭の3詩節を示しておきます。

Altissimo Dio padre, [re] de gloria,　　　　　A
　1 **2** 3 4 　5 　**6** 7 **8** 9 **10** 11

priegote che me di' senno e memoria　　　　A
　　1 2 3 　4 　5 6 　**7** 　8 　9 **10** 11

che possa contare una bella istoria　　　　　A
　1 　**2** 3 4 **5** 6 　7 **8** 9 **10** 11

de recordança.　　　　　　　　　　　　　b　　　　4
　1 **2** 3 **4** 5

至高の父なる神、栄光に満ちた王よ、
何卒、私めに知恵と記憶力を賜れよ、
実話である、さる物語を見事に語ることが
私にできるよう。

Del guasto de Bologna se comença,　　　　　B
　1 　**2** 3 **4** 5 **6** 7 **8** 9 　**10** 11

como perdé la força e la potença　　　　　　B
　1 2 　3 **4** 5 　**6** 7 **8** 9 **10** 11

e lo gram senno cum la provedença　　　　　B
　1 2 3 　**4** 5 　**6** 7 　**8** 9 **10** 11

ch'aver solea:　　　　　　　　　　　　c　　　　8
　1 **2** 　3 **4** 5

ボローニャの破滅の始まりだ。

この都市に欠けることのなかった力と富と、

そして天佑による判断力は、いかにして

失われたのか。

ché per lo mondo era chiamada rayna,　　　　　　C'

❶　2　3　❹　　5　6　7　❽9　❿　11

fontana de le altre e medexina,　　　　　　　　　C'

1　❷3　4　5❻　7　　❽9❿11

ché tuti li soi amixi soccorea　　　　　　　　　C

1　❷3❹　5　　❻7　❽9　❿11

in ogni lato.　　　　　　　　　　　　　　　　　d　　　　12

1❷　3❹5

世界の女王にして、他の諸都市の源、

そして救いと呼ばれていたのも、この都市が

四方にわたり、すべての盟友を助けたからに

他ならず。

　　第**3詩連**に顕著に見られるように**脚韻**は不完全ですし、強音節の配置にもアンバランスが随所に認められ、大詩人たちの作品の美しさとは比べるべくもありません。**詩連**から**詩連**へと鎖を繋いでいく技法も、明らかに朗誦に際して記憶を助けるために導入されたものであり、押韻の効果は非常に単調です。すべては、町の広場でジョングルールが人々から小銭を集めながら歌い聞かせた民衆的な語り物の特徴を示しており、これとダンテの『神曲』との間には、およそあらゆる面においてちょっと筆舌に尽くしがたい距離があります。もし仮にこのような作品が『神曲』の直接の祖先だったのだとしますと、両者の間に存在する何万光年とも言うべき膨大な距離をひとりで埋めてしまったダンテの詩的能力は、人間の技を超えていたとしか言いようがありません。

　　それでもやはり、『神曲』内部に見られるいくつかの特徴やその他の情報か

ら、ダンテに**テルツァ・リーマ**の基になるアイデアを提供したもののひとつが
この種の**シルヴェンテーゼ**であったと考える研究者は少なくありません。確か
に、ひとつの合戦やら特定の党派抗争やらではなく、全宇宙の全歴史を語るひ
とつの巨大な**シルヴェンテーゼ**として『神曲』を見ようというのは魅力的な解
釈ですし、*Commedia*というダンテ自身が定めた作品の呼称とも矛盾しない
見方であるように思われます。筆者はなにぶんダンテの専門家ではありません
ので、特に自説といったものを持ち合わせているわけではありませんが、個人
的にはこうした見方に共感を覚えます。なぜかと申しますと、例えば**テル
ツァ・リーマ**の創出をキリスト教の神を示す三位一体を象徴する３という数字
に結びつけるような神学的・形而上学的解釈というものは、しばしば後から、
あるいは創作のプロセスの中から生じてくるものであって、実作品の持つ様々
な特質のそもそもの由来というのはもっと実際的・物理的な要求に関係してい
る場合が多いという一般的な印象を筆者は抱いているからです。

　ただし、これは明確に申し上げておく必要があるのですが、ご紹介した説は
あくまでも**テルツァ・リーマ**という詩形の《誕生》に関する推定であって、
『神曲』そのものが何かの事件や紛争をテーマに語り物として作られた民衆的
な**シルヴェンテーゼ**を発展させたものである、といった単純な話をしているわ
けでは決してありません。繰り返しになりますが、年代的にはダンテと同時代
あるいは直前に位置する『ランベルタッツィ家とジェレメイ家のシルヴェン
テーゼ』のような作品と『神曲』とはまったくの別物でして、仮に両者の間に
何らかの繋がりがあったとして、そこには生物に例えるなら貝やナマコの類と
人類ほどの差が存在しており、普通の読み方をする限り、関連を見出すのは困
難です。専門家が注意深く観察して初めて、あるいは…と考え始めるような、
そんな関係に過ぎません。

３. 『神曲』のテルツァ・リーマ

　それでは、ダンテがいわば**テルツァ・リーマ**の**テルツァ・リーマ**たるところ
をどのように使いこなしているのか、地獄篇第５歌の一節を例にとってお話し
することにしましょう。この**歌（カント）**は「愛欲の獄」として知られるたい

へん有名な部分でして、例えばロダンの《接吻》と題された作品をご存知かと思いますが、あの抱き合う二人の男女はそもそもこの**歌（カント）**の主人公たちでした。『神曲』にインスピレーションを得て《地獄門》の制作に取り掛かったロダンは、これをその一部にするつもりだったのです。ちなみに、《門》の正面中央の高い所にいる《考える人》がダンテその人に他なりません。この物語に取材した作品は、ロダンの彫刻以外にも、戯曲やオペラ、音楽など様々な分野に少なくありませんが、いずれも元を辿ればダンテの『神曲』地獄篇第5歌が出発点になっています。

　さて、問題の二人はパオロ・マラテスタとフランチェスカ・ダ・ポレンタと呼ばれた実在の人物でして、彼らの悲劇はダンテの時代のフィレンツェではよく知られた事件だったと考えられています。パオロの属したマラテスタ家というのはアドリア海沿岸の都市国家リミニの僭主、またフランチェスカの家はここより数十キロ北の古都ラヴェンナの僭主の家系でした。僭主というのは、先にお話しした共和制の都市国家《コムーネ》の独裁者のことです。党派抗争の結果、その勝利者となってとりあえず安定した支配を確立するのに成功した者や、あるいは党派抗争に明け暮れていた家門が互いに殺しあって精力を消耗し尽くした、その頃合を見計らって都市に乗り込んでいって支配者になってしまった封建領主などがその実体でした。形式的には、普通、コムーネの側から権力を委任されたことになっていましたが、実際には力を背景にそうした手続きを強制したケースが少なくなかったものと思われます。ともあれ、都市国家の実質的な支配者と言ってよい存在です。

　しかし、そうした僭主の支配するコムーネがあった一方で、フィレンツェをはじめとする比較的大きな都市国家では、独裁を防止する手段としてローマ法に詳しい外国人を司法長官として雇う所が増えていきます。言うまでもなく三権分立など影も形も無い時代ですから、司法長官といっても警察と検察、それに裁判官まで兼務しているようなものでして、非常に大きな権限を持った役職でした。ただし、これがそのまま僭主になってしまっては困りますので、普通は遠く離れた都市国家の、それも比較的弱小なコムーネから、フィレンツェには一切の人脈を持たない人間を注意深く選び出して任命しました。もちろん、はじめから任期が決められていて、在任中も決して特定の誰かと親しくしては

いけないとか、いや三度の食事も必ず独りきりでしなければいけない、といった具合に法律で雁字搦めにされており、監査役のチェックを受けてからしか給与は支払われないなど、非常に厳しいコントロールの下に置かれていました。

こうした役職は時代によってポデスタ、あるいはカピターノ・デル・ポーポロなどと呼ばれたのですが、パオロ・マラテスタという人物はフィレンツェ共和国でこのカピターノ・デル・ポーポロを務めたことがあったのです。ですから、フィレンツェの少なくとも一定の階層以上の人々ならば誰もがその名を知っていたはずです。そんな有名人が、故国へ帰ってから兄嫁と不倫関係になり、そのために二人ともが兄の手によって殺害されるというとんでもない事件が起きたのです。当然、フィレンツェでは大きな話題になったことでしょう。しかし、これ自体は要するにセレブのゴシップに類する事件でして、決して高尚な詩の題材にふさわしいテーマではありません。こんなところにも、あるいは『神曲』という作品の出発点となった**シルヴェンテーゼ**の空気を感じ取るべきなのかもしれません。

さて、地獄を訪問したダンテは、殺害されたこの二人の霊に出会って、フランチェスカと会話を交わします。歴史上の人物としてのフランチェスカは単なるゴシップ的暴力事件の犠牲者だというだけでして、別に詩や文学といったものに特別な関わりがあったわけではないようなのですが、『神曲』における彼女について申しますと、ダンテの興味の中心は恐らく筆者のような凡人が抱く三面記事的なところにはなかった。これはもう少し先でお話しするつもりですが、ダンテの関心はたぶんイタリア抒情詩の伝統に関わる文学上の問題だったと考えられます。ともあれ、まずはフランチェスカが義理の弟パオロ・マラテスタとの不倫に陥った事情をダンテに物語る有名な箇所をごいっしょに見ていくことにしましょう。彼女は自分の不倫をこう言って正当化します。

Amor, ch'al cor gentil ratto s'apprende

　1❷　3　❹　5❻❼8　9　❿　11

prese costui de la bella persona

　❶2　3　❹5　6　❼8　9❿11

che mi fu tolta; e 'l modo ancor m'offende.　　　　102

　①　2　3　❹　5　　❻7　❽　9　❿11

「高貴な心に素早く宿る愛は

私の美しい肉体ゆえに、この人（パオロ）を虜にしました。

その肉体は私（＝魂）から奪われてしまい、その有様は今なお私に苦しみを与

え続けます。

Amor, ch'a nullo amato amar perdona,

　1❷　3　❹　5　❻　7　❽　9　❿11

mi prese del costui piacer sì forte,

　1　❷3　❹5　❻　7❽　9　❿11

che, come vedi, ancor non m'abbandona.　　　　105

　1　❷　3❹5　❻　❼　　8　9　❿11

愛される者に愛さぬことを許さぬ愛は

この人の美しさゆえに私を強く捉え、

ご覧のとおり、今もなお私を離そうとしません。

Amor condusse noi ad una morte:

　1❷　3　❹　5❻7❽　9　❿11

Cäina attende chi a vita ci spense».

　1❷3　❹5　　6❼89　❿11

Queste parole da lor ci fuor porte.　　　　108

　❶2　3❹56❼8　9　❿11

愛は私たちをひとつの死へと導きました。

私たちの命を絶った者（＝夫）はカインの圏が待ち受けています。」

こうした言葉が私たち（＝ダンテとウェルギリウス）にもたらされた。

　あえて少し長めに引用したのには理由があります。3つの**3行詩連**がいずれも Amor という言葉で始まっていますね。これにより**3行詩連**が3つ束ねられて一組になっているのです。これは、それぞれが**33の歌（カント）**からなる3つの篇で成り立っている『神曲』の、いわば縮図のような構造であると言えます。こうなるともはやダンテの3という数へのこだわりに象徴的な意味が込められていることは明らかでしょう。2番目の**3行詩連**の冒頭、第103行では、行頭の Amor に加えて動詞amareが不定詞と過去分詞の形で2度登場し、「愛」に関わる語彙が都合3度現れますが、これが三位一体である神の「愛」にことよせた表現であることはあまりにも明白です。そして、続く3番目の**3行詩連**の、これまた冒頭、第106行に una morte すなわち「ただひとつの死」という表現があるのも、これに呼応したものでしょう。ここで使われた una は不定冠詞ではありません。「唯一の」という意味を担っています。ですから、この**詩行**の第8音節は強音節として発音する必要があります。

　さて、この部分でフランチェスカは一体どのような主張を展開しているのでしょうか。まず、最初の**3行詩連**において彼女は、愛とは高貴な心にひとりでに宿るものであるという前提のもとに話し始めます。これは、もう少し先でお話しすることになる当時の抒情詩的伝統を踏まえた理論なのですが、ともあれ、彼女によると愛とはそういうものであり、従って、高貴な心の持ち主であったパオロが私の美しい姿に接して愛を抱いたのは、いわば必然であって避けることのできない現象であったと、こう言っているのです。そして、第102行で言われている「私」というのは、フランチェスカの魂（だけ）が自分のことをそう呼んでいる点に注意してください。人間というのは、魂と肉体のふたつから成り立っています。今、ダンテと会話を交わしているのは、フランチェスカその人ではなく、彼女の魂だけなのです。そこで、その魂が、かつては一体となっていた肉体が、自分（＝魂）から奪い取られてしまった、つまり、殺害された、と言っているわけです。そして、その殺害の方法が今なお自分を苦しめる、というのは、最後の告解によって自分の罪を明らかにする機会を与えられることなく殺害されてしまったことを意味しているものと考えられます。

　続く二つめの3行詩連では、愛された者は愛し返さなくてはならない、とこれまた現代人の普通の感覚では受け入れがたい理屈を、あたかも当然のごとく彼女は主張します。ですが、ここでは先ほど注目した三位一体を象徴する愛の表現方法を思い出してください。キリスト教徒にとって、そもそも「愛」というのは人間のものではありません。それは神のもの、それどころか、神そのものであるわけです。神は人間を愛してくださっている。従って、我々もまた神を愛さなくてはならない、というのがキリスト教的な愛の理論です。つまり、フランチェスカは愛というものの持つそうした本質に忠実であろうとすれば、自分もまたパオロを愛さずにはいられなかった。これもまた必然であり、避けることはできなかったのだと言っているのです。

　ヨーロッパの抒情詩的伝統というのは、もともと社会的地位の高い人妻を相手とする恋愛をテーマとしています。ですから、根本的に宗教上・倫理上の問題を含んでいるわけで、作品に肯定的な意味づけを行なおうとすれば、常に大きな困難がつきまといます。若い頃のダンテも属していた《清新体派》という詩派の詩人たちは、理論的にこうした問題を解決しようとして、相手の女性を天使になぞらえる方法を編み出しました。これに関しましては、抒情詩の詩形のひとつである**カンツォーネ**canzone〔後述〕を説明するときに再び触れたいと思いますが、『神曲』のこの部分を読む限り、どうも『神曲』を書いた頃のダンテは《清新体派》のそうした解決方法には納得していなかったようです。

　実際、第106行に始まる三つ目の**3行詩連**において、フランチェスカも認めているとおり、彼らの愛は二人を地獄落ちへと導く結果になります。「ただひとつの死」とは、表面的には自分とパオロの二人が同時に殺害されたことを言う表現ですが、そこには《肉体の死》と《魂の死》という二つの死が同時に訪れたことを表す意味が含まれています。《魂の死》とは、地獄に落ちることを比喩的に示す表現です。キリスト教にあっては、肉体が死んでも霊魂は死ぬことがありません。それが「死ぬ」というのは、地獄に落とされて二度とそこから出ることができない状態を意味しているのです。ただ、ここに至ってもなお、フランチェスカは自分たちの愛が《清新体派》の理論に代表されるような「正しい」ものであったと主張することをあきらめません。彼女によると、二人を不当にも殺害したジャンチョット・マラテスタは、彼らよりもずっと罪深い

人々の落ちていく《カインの圏》に落とされるだろうというのです。ここは旧約聖書のカインとアベルの物語からその名が採られている「近親者に対する裏切り」を働いた罪人の行く所です。

　それはともかくとして、**テルツァ・リーマ**という詩形を、3という数字をベースに構成された『神曲』全体の中で、三位一体や三段論法などとも有機的に関連付けながら駆使するこうした表現技法は、ここだけではなく『神曲』の随所に見られるものであって、ダンテがこの詩形を発明したのみならず、これに合わせた詩作方法をも逸早く開発し、それに習熟していたことを物語っています。

§6．抒情詩の形式　その1

1．交差韻とソネット

　では次に、**交代韻**からさらにもう一段階複雑化した**交差韻** rima incrociata［リーマ・インクロチャータ］へと話を進めることにしましょう。これは**交代韻**を踏んだ**4行詩連**（ＡＢＡＢ）のうち後半の2行（ＡＢ）をひっくり返した（ＢＡ）もので、ＡＢＢＡという形になります。当然、4行を一単位とする形式に呼応しますので、そのようなタイプの詩形と密接に結びついた押韻のしかたです。イタリアの伝統的な詩形の中でそうした4行を一単位とするタイプの代表はと言えば、これはもう、**ソネット**を措いてありません。【**11音節詩行×14行**】という比較的短い詩形で、**11音節詩行**の**4行詩連**を2つと**3行詩連**を2つ重ねて、［4×2＋3×2］という合計14行からなっています。13世紀前半に《シチリア派》〔後述〕と呼ばれる詩人たちによって作られ始め、典型的なイタリアの詩形として清新体派やダンテ、そしてとりわけペトラルカの手によって完成の域に達した後、16世紀に入るとルネサンスの波に乗ってヨーロッパ中に伝えられ、それぞれの言語で作られるようになります。

　そうした中には例えばシェイクスピアによる英語のソネットのように、上に述べた［4×2＋3×2］というイタリアの**ソネット**の標準形とは若干形式を異にするものもありますが、そもそもイタリアにあっても、**ソネット**と呼ばれ

る形式には行数も様々な数多くの変種が含まれていました。ただし、ペトラルカ以降、それらはほとんど姿を消してしまいますので、ここでは代表的な形式のみを扱うことにします。一例として、まずはすでに**アンジャンブマン**の説明（§4）の中でその一部をご紹介したペトラルカの『カンツォニエーレ』1番の、まずは前半部を見ることにしましょう。

Voi ch'ascoltate in rime sparse il su**ono**　　　　A　　　1
❶　2　3　❹　5　❻7　❽　9　❿11

di quei sospiri ond'io nudriva 'l c**ore**　　　　B　　　2
1　②　3　❹5　❻　7　❽9　❿11

in sul mio primo giovenile err**ore**　　　　B　　　3
1　②　3　　❹　5　❻7❽9　❿11

quand'era in parte altr'uom da quel ch'i' s**ono**,　　　　A　　　4
1　❷　3　　❹　5　　❻　7　　❽　9　❿11

del vario stile in ch'io piango et ragi**ono**　　　　A　　　5
1　❷3　❹5　　⑥　　❼　　8　9　❿11

fra le vane speranze e 'l van dol**ore**,　　　　B　　　6
1　2　❸4　5　❻　7　　❽　9❿11

ove sia chi per prova intenda am**ore**,　　　　B　　　7
1　2❸4　5　　❻　7　❽　9　❿11

spero trovar pietà, nonché perd**ono**.　　　　A　　　8
❶　2　3　❹　5　❻　7　❽　9　❿　11

散り散りの詩の中に、私の心を育んでいた
ため息の音を聴く読者諸氏よ、
それは私の若き日、今の私とは一部別人であった頃の
初めての過ちのため息。

空しい希望の数々と空しい苦悩の狭間で

私が様々に泣き、かつ語る言葉に、
自らの経験から愛の何たるかを知る人ならば
赦しのみならず、慈悲の念をも抱いてくれるものと思う。

(Rvf, 1, 1‒8)

　さて、前半部を構成する２つの**４行詩連**においてＡＢＢＡ／ＡＢＢＡという**交差韻**が使われていますね。これが最も一般的な**ソネット**の前半部のスタイルです。もっとも、**ソネット**が当初からこうした**交差韻**による**４行詩連**を持つ形式として成立したわけではありません。後述するように、ごく初期の**ソネット**にあってはむしろＡＢＡＢ／ＡＢＡＢという**交代韻**による**４行詩連**の方が一般的でした。しかし、すでにダンテの頃にこれは少数派になっており、ペトラルカとなるとさらにずっと少なくなります。また、この２種以外にもＡＢＡＢ／ＢＡＢＡなど、さらに別のタイプもなかったわけではありませんが、例えば『カンツォニエーレ』に含まれる**ソネット**のうち実に95％以上がＡＢＢＡ／ＡＢＢＡという**交差韻**による**４行詩連**を持っています。**ソネット**はペトラルカによって完成された詩形と言っても過言ではありませんので、一応これが標準形だと考えて差し支えなかろうと思います。実際、ペトラルカ風ソネットといえば、それは古典的ソネット形式の同義語になっています。

　そこでこのタイプの**４行詩連**をもう少し詳しく見ておきましょう。もっとも、第１行から第２行にかけての**アンジャンブマン**についてはすでに§４でお話ししましたので繰り返しませんが、これを含めて、第１‒２行がひとつのまとまりになっていることに注意してください。そして、つづく第３‒４行もやはり２行を１単位として内容上ひとつのまとまりを形成しています。**オッターヴァ・リーマ**の**スタンツァ**においてもやはり**11音節詩行**が２行ずつ一組になっていたのを記憶しておられるでしょう。ペトラルカは第３行において「私の若かりし頃」と言った後、これを第４行では「ある意味で今の自分とは別人であった頃」と言い換えます。これによって、《今の自分》がもはや若くないことをさりげなく告げながら、彼の心が第２行で示唆したような状態になっていたのがいつ頃のことであったのかを説明しているわけです。

　次に、押韻に使われた語彙に注意しましょう。第１行のsuonoと第４行の

sonoという2語が極めて近い響きを持つために、対称性が強調されてバランスの取れた印象を与える**4行詩連**になっています。また、第2行と第3行という隣接した詩行に見られるcoreとerroreという組み合わせにあっては、§1でお話しした**連想機能**の効果が明瞭です。もともとこれらはいずれも『カンツォニエーレ』全体のテーマにとって極めて重要な意味を持つ語彙ばかりですが、それが押韻の持つ**語尾類音**の効果によって一層目立つ結果になると同時に、**連想効果**によって相互に関連しているかのような印象が生まれています。そして、こうした相乗効果がまた作品のテーマ、とりわけこの1番のソネットのそれと絶妙な一致を見せているのです。

　次の**4行詩連**に進みましょう。ここでもやはり2行ずつの単位構成を認めることができます。第5-6行がひとまとまりとなっていることは一目瞭然でしょう。そして、続く第7-8行は、やはり2行が一組になって関係副詞 ove に導かれる関係節を形成しています。そして第6-7行の隣接詩行における脚韻はamore と doloreという、これまた二つながらにこれ以上は考えられないほど『カンツォニエーレ』の本質を表わす、そして十全な**連想機能**の発揮される語彙によって踏まれています。こうしてＡＢＢＡ／ＡＢＢＡという**交差韻**の中の【B】を担う語彙はcore, errore; amore, doloreという4つのいずれも非常に印象的な名詞ばかりで揃うことになり、しかも隣接する詩行の名詞（core / erroreと amore / dolore）がそれぞれすでに見たとおり**連想機能**によって共鳴するのみならず、2つの**4行詩連**においてそれぞれ対応する位置にある語彙の間（core / amoreと errore / dolore）にもまた完全な協和音が形成されるという、本当に巧みとしか言いようのない構成が出来上がっています。ここまで読んでこられた読者に向かって、2番目の**4行詩連**の中で【A】の位置に相当するragiono と perdonoの2語が響き合って生じる効果を改めて説明するのは、もはや蛇足というものでしょう。

　ところで、文構造に着目しますと、冒頭のVoi…という呼びかけで始まったひとつの文が前半部の2つの4行詩連を占めているのですが、主節の動詞speroが現れるのは、やっとその最終行たる8行目に至ってからです。これを『オルランド・フリオーソ』の冒頭と比較してみてください。あちらもやはりひとつの文が11音節詩行8行にわたって構築されていましたが、動詞は2行目

の行末にもう登場していました。一方が躍動感を生み出すのに対し、もう一方は、あたかもどこまでも続いていくかのような印象を与える息の長さを特徴としているのがよく分かります。

２．ソネット後半部

　さて、**ソネット**の前半部を構成する２つの**４行詩連**が標準形として**交差韻**を持つことは先に説明した通りですが、その一方、後半部の２つの**３行詩連**に関しては、定型と呼べるような構成をひとつだけに限定することができません。初期には前半部のＡＢＡＢ／ＡＢＡＢとよく似た一種の交代韻とも考えられるＣＤＣ／ＤＣＤという形式か、あるいは２つの**３行詩連**の押韻を同一タイプの繰り返しにしてＣＤＥ／ＣＤＥとする形が多かったのですが、その後、ダンテの時代になると、後者の順序を一部入れ替えてＣＤＥ／ＤＣＥとしたり、あるいは始めの**３行詩連**の脚韻を逆の順序にして次の**３行詩連**を構成するＣＤＥ／ＥＤＣといった形が現れます。

　ペトラルカにあってはどうかと申しますと、初期の典型であったＣＤＣ／ＤＣＤ、あるいはＣＤＥ／ＣＤＥという端正な形が最も多く、後者の順序を一部入れ替えたＣＤＥ／ＤＣＥという形式がこれら二者に続きます。そして、この３タイプが『カンツォニエーレ』の**ソネット**中でも圧倒的大多数を占めています。つまり、前半部の２つの**４行詩連**をＡＢＢＡ／ＡＢＢＡという**交差韻**で構成し、後半部の**３行詩連**は上記の３タイプのうちのいずれかでまとめるという形がペトラルカ風**ソネット**の典型であると言って差し支えないでしょう。『カンツォニエーレ』１番の**ソネット**の後半部も、やはりこのうちのひとつであるＣＤＥ／ＣＤＥというタイプです。

Ma ben veggio or sí come al popol **tutto**　　　　　C　　　9
　1 ❷　 ❸　 4　 5 ❻　 7　 ❽ 9 ❿11
favola fui gran tempo, onde sov**ente**　　　　　　D　　　10
❶2 3 ❹　 5　 ❻　 ❼　 8 9❿11

di me medesmo meco mi verg**ogno**;   E   11

1 ❷ 3 ❹ 5 ❻7 ⑧ 9 ❿ 11

et del mio vaneggiar vergogna è 'l fr**utto**,   C   12

1 2 ❸ 4 5 ❻ 7 ❽ 9 ❿11

e 'l pentersi, e 'l conoscer chiaram**ente**   D   13

1 2❸ 4 5❻ 7 ❽ 9❿11

che quanto piace al mondo è breve s**ogno**.   E   14

1 ❷ 3 ❹ 5 ❻ 7 ❽ 9❿ 11

それにしても、自分が長年月にわたり、人々の
噂の種になっていたことを知る今、しばしば
私自身、自分のことを恥じてやまぬ。

虚ろなものを求め続け、得たものはと言えば、
恥と後悔と、そして、この現世での喜びはすべて
ただ短い夢に過ぎぬことを知ったこと。

(*Rvf*, 1, 9 - 14)

　後半部冒頭の**ma**という接続詞は、内容面において前半部との間に明確な対照があることを明確に予告するものです。実際、前半部で一種の問題提起を行ない、後半部でそれに対する解答を提示するというのが、内容面における**ソネット**の標準形です。この作品の場合ですと、周囲の人々voi（＝他者）に向かってpietàとperdonoを求めた前半部に対し、後半部ではもっぱらペトラルカ自身の胸の内へと視線が向けられることになります。そこにあるのは、ラウラへの愛に囚われて神への愛を疎かにした自らの過ちに対する悔悛です。

　押韻に用いられた行末の語彙の間には、この後半部においてもやはり意味論上の連携が確保されており、そこに**連想機能**の働いている様子を明瞭に見て取ることができます。tutto / fruttoの対においては《充満》した感覚が両者に共通する一方、sovente / chiaramenteにあっては、両方ともが副詞であることともあいまって「頻度の高さ」（前者）と「明確さ」（後者）とが相互補完

的な感覚を呼び覚まします。また、vergogno / sognoの対においては、現世的な心象の儚さに関わるエモーションが互いに美しく響き合っています。

　ところで、第10行から第11行にかけては**アンジャンブマン**によって連続性が確保されていますが、この**アンジャンブマン**は明らかに第11行を準備する役割を担わされています。第10行は前半部分において前の第9行から始まった文が完結しており、後半部分のonde soventeだけでは意味をなさないからです。読者は必然的にこの続きがいったいどうなっているのかを気にせずにはいられません。そんなわけで、この第10行の後半部分の onde sovente をいわば踏み切り板にするかのように、第11行では一種の跳躍にも似た力強い強調感覚があふれ出します。そして、その過ちゆえに人々の笑いものとなった自分を恥じる嘆きの声が、**3行詩連**の最終行である第11行においてひとつの頂点に達するのです。

　それにしても、この第11行はなぜこのような強い響きをもって聞くものの耳を打つのでしょうか。第10行からの**アンジャンブマン**が発揮する効果はすでに見たとおりですが、決してそれだけではありません。いや、それよりもずっと強い効果を発揮する要因が、この第11行そのものの中には存在しているのです。お気づきでしょうか。そうです。ここには "di **me** **me**des**mo** **me**co **mi** vergogno" という具合に -**m**- の音が、これでもかとばかり何度も繰り返し登場します。たった11音節の中でなんと5音節に -**m**- の音が含まれているのです。これは決して偶然ではなく、**頭韻法**と呼ばれる技法です。**韻律法**と直接の関係はありませんが、イタリア詩における重要な技法のひとつですので、ここで実作品に即して確認しておきましょう。

§7. イタリア詩の技法 ②頭韻法

　詩行の行末で踏まれるのが脚韻ですので、**頭韻法**と言うと何となく行頭で踏まれる韻であるかのように感じられるかもしれません。しかし、日本語の語感に惑わされないでください。そうではなく、**頭韻法**allitterazione［アッリッテラツィオーネ］とは、同一の子音を近接した複数の音節に配置して、同じ音が短い周期で繰り返されるよう設定することにより、その部分を強調する技法

です。西洋ではもともとゲルマン語の詩に多用されたもので、現在でも英語に
おいてはキャッチ・フレーズや商品名によく使われており、**World Wide Web**
ですとか**C**oca **C**olaなどというのがその例ですし、また日本語でも《**なせば
なる、なさねばならぬ、なにごとも。ならぬはひとのなさぬなりけり**》などと
いう言い方は同じテクニックを使った例です。

　先ほど見たように『カンツォニエーレ』1番の第11行は -**m**- の音が非常に
短い周期で繰り返されて高い効果をあげていましたが、実はもう少し周期の長
い、従って効果の薄められた頭韻法は、もうすでにこの**ソネット**の前半部にも
姿を見せていたのです。

del **va**rio stile in ch'io piango et ragiono　　　　　　　　　5

fra le **va**ne speranze e 'l **va**n dolore,　　　　　　　　　　6

　第6行には vano という形容詞が二度現れますが、これに加えて、別の語彙
ではあるものの第5行のvarioという形容詞もまた強勢の -**va**- という同一の
音節で始まります。こうして **và**rio, **và**ne, **và**n といった具合に、同一の響き
を持つと同時に意味においても互いに響きあうような内容を持つ語彙が比較的
短い周期で繰り返されています。もちろん、これは第11行の -**m**- ほどには目
立ちませんが、その一方、こちらのケースではvarioという形容詞の帯びる意
味あいが、**頭韻法**による影響を被って微妙に変化していることに注目してくだ
さい。

　もともと「様々な」という意味を持つvarioという形容詞は、もちろん読者
に対してこれから『カンツォニエーレ』に登場する数多くの作品がバラエティ
に富んだ色彩を持つことを予告しているのですが、それと同時に、この**ソネッ
ト**においては《時の経過とともに》「変化する」という意味をも担わされてい
るのです。このことは、次の行に見えるsperanzeとdoloreという二語の対比
からも読み取ることができるでしょう。つまり、ペトラルカの心は「希望」と
「苦しみ」の間を不安定に揺れ動き、常に変化しているわけです。そして、こ
の二語を修飾する形容詞こそが他ならぬvanoです。そして、頭韻法によって
これと結び付けられているのが、stileという名詞に、やはり先ほどのvanoと

同様、前から掛けられた形容詞 vario なのです。

　こうなりますと、計3個の形容詞に共通するこれらの特性によって、vario stile は vane speranze および van dolore と読者の心の中で密接につながったものとして感知されるために、vario には「多種多様な」というスタティックな意味と並んで、「刻一刻と変化する」というダイナミックな意味が込められることになります。しかも、このことに気づかされるのは、第6行まで読んでしまった後ですので、どちらかというとむしろ後者の意味合いの方がより強調される結果となります。

　そして、この -v- の音による**頭韻法**は第11行で終わるのではなく、後半部に移って第9行の **veggio** という動詞を飛び石にしながら、そして、ここで **-g-** の文字を取り込みながら、先ほど -m- の音による高密度の**頭韻法**を確認した第11行を飛び越えて、行末の mi **ver**gogno へと繋がっていくのです。さらにこの**頭韻法**は、いわば第二の中継点であるこの第11行を経て最後の**3行詩連**までカバーしています。

del **vario** stile in ch'io piango et ragiono　　　　　　　　5

fra le **vane** speranze e 'l **van** dolore,　　　　　　　　6

ove sia chi per prova intenda amore,　　　　　　　　7

spero trovar pietà, nonché perdono.　　　　　　　　8

Ma ben **veggio** or sí come al popol tutto　　　　　　　　9

favola fui gran tempo, onde sovente　　　　　　　　10

di *me me*des*mo me*co **mi ver**gogno;　　　　　　　　11

et del mio **vaneggiar vergogna** è 'l frutto,　　　　　　　　12

e 'l pentersi, e 'l conoscer chiaramente　　　　　　　　13

che quanto piace al mondo è breve sogno.　　　　　　　　14

　最終的な着地点は、第12行に現れる**v**ane**gg**iar と **v**er**g**ogna という二語です。ここに至って読者は、最初に**頭韻法**の存在を感じ取った第6行で二度繰り

返されていたvanoという形容詞が再び、今度はvaneggiareという動詞に姿を変え、しかも第9行以降取り込まれている -g- の音を伴って登場するのを見ます。さらに、あの -m- の音の連続がたいへん印象深い第11行の行末にあった動詞vergognarsiまでが、こちらは名詞vergognaに姿を変えて再び現れます。

　関係する語彙に注目しながら、このソネットにおける頭韻法の広がりをもう一度確かめておきましょう。スパンが広いものの、それだけに効果の穏やかな -v- による頭韻法と、逆に一行に集中していて密度の高い強力な -m- による頭韻法が、ちょうど第11行において重なり合い、一種の和音を奏でる様子が視覚的にも確認できるかと思います。

　なお、第11行の行末のmi vergognoに続いて第12行にはvergognaが現れるわけですが、このように品詞こそ違うもののまったく同系列の単語を詩節の末尾と次の詩節の冒頭に接して配置する手法は、実はすでにトロバドールたちが用いていたカプフィニーダス capfinidas〔後述〕と呼ばれる技法の応用ともみなされるものでして、単なる頭韻法ではありません。複数の技法をひとつの言葉、あるいはひとつの詩行の上に重ね合わせていくことによって得られる和音のような効果が、ここでもやはり追及されているのです。

§8.　抒情詩の形式　その2

1. カンツォーネ

　§6の冒頭で少しお話ししたように、ソネットはイタリアで作られた詩形でして、考案者は《シチリア派》〔後述〕の頭目とみなされる詩人ジャコモ・ダ・レンティーニだと考えられています。ところで、叙事詩に関しては、テルツァ・リーマを考案したのがダンテであることはまず間違いありませんし、オッターヴァ・リーマを発明したか、あるいはその開発にあたって大きな役割を果たしたのがボッカッチョでした。つまり、これらの詩形はいずれもイタリアで作られたわけですが、そのことを声高に言い立てる人はいません。それに対して、抒情詩の分野ではソネットがイタリアで開発された詩形であることが

何かと強調されます。一体なぜでしょうか。

　理由のひとつは、16世紀以降この形式がヨーロッパ各国に伝播して、様々な言語による**ソネット**が作られるようになったことでしょう。§1でくどいほど申しましたように、詩の形式というのはそれぞれの使用言語に密接に結びついているのが普通です。そこで、もともとイタリア語による詩形であった**ソネット**が、若干の変更は被りながらも様々な言語にまで広がりを見せたことは、それ自体、ある意味で特異な現象であったとも言えるわけです。

　しかし、**ソネット**がイタリアで生まれた形式であることを強調するものの言い方には、これとは別の意味あいも含まれています。それは、ヨーロッパの抒情詩の歴史を遡っていきますと、内容と形式の両面においてほとんどの要素が12世紀の南フランスで活躍した**トロバドール**という源流にたどり着きます。もちろん、ひとくちに抒情詩と言っても、異性への思慕を歌うごくプリミティブなものならば、恐らくあらゆる民族が持っていたでしょうし、どの言語にもあったでしょう。しかし、文学作品として後世にまで残るようなレベルに達したものとなると、いずれも**トロバドール**たちの作品からの多大な影響を受けている…と言うよりも、ほとんどその亜流を出発点としています。

　トロバドールたちの用いた言語は南仏語（古プロヴァンス語）でしたが、13世紀に入ると北フランスでもドイツでもイタリアでも、**トロバドール**の作品からテーマや形式を借りた抒情詩がさかんに作られるようになります。これらのうち、北仏語（古フランス語）で詩を作った北フランスの詩人たちは**トゥルヴェール**trouvère、また中高ドイツ語で作品を作った人々は**ミンネゼンガー**Minnesängerと呼ばれました。そして、イタリアの《シチリア派》もそうした例のひとつです。実際、**トロバドール**たちの作っていた**カンソ**のイタリア語版が**カンツォーネ**〔後述〕に他なりません。**カンツォーネ**の形式は基本的に南仏のそれを引き継いでいます。ところが、**ソネット**はそうではありませんでした。これに相当するような形式は南仏にはなかったのです。

　ところで、**トロバドール**やこれに倣った北フランスの**トゥルヴェール**、あるいはドイツの**ミンネゼンガー**たちが、いずれも詩と音楽の両方を作るいわば作詞作曲家だったのに対して、一般に《シチリア派》の詩人たちはもっぱら詩のみを作ったものと考えられています。もともとは一体のものであった詩と音楽

は、この時にはっきりと分離したという風に考えられているのです。**ソネット**という形式の誕生もこうした事情と無関係ではなかったのでしょう。【**11音節詩行×14行**】という構成の誕生の経緯については様々な議論があって未だ完全には明らかになっていないものの、**トロバドール**の残した**カンソ**の多くは、同一の形式を持つ複数の**詩連**（コブラcobla）を連ねた形を持っており、これは明らかに一つのメロディを各詩連で繰り返して歌っていくことを前提とした構造だからです。一方、イタリアの詩人たちは《シチリア派》以後ももっぱら詩のみを作っていきます。

　さて、**ソネット**は**ソネット**として、イタリアでは**トロバドール**の作品に範をとった**カンツォーネ**canzoneもまた隆盛を極めます。そして、詩作と作曲の分業が成立したことも関係してか、それは純粋な文学作品としてますます凝った構成を備えるようになり、洗練の度も高めて、抒情詩の中でも最高の格式を誇る形式として定着するに至ります。そこで今度はこの**カンツォーネ**の構造を見ていくことにしたいと思います。

　まずはじめに申し上げておく必要があるのは、**ソネット**と異なり、**カンツォーネ**にはひとつだけの決まった形、あるいは標準的な形式というものがあるわけではないということです。つまり、**ソネット**が【**11音節詩行×14行**】という構成を持ち、さらに押韻の仕方に関してもすでに見たような標準形を持つのに対して、**カンツォーネ**の詩形はバラエティに富んでおり、標準形をひとつだけ確定することはできませんし、またいくつかの代表的なタイプに絞り込むことも困難です。もちろん、かなり明確な決まりごとはあるのですが、一定の条件さえ満たしていれば、あとはかなり自由度の高い形式ですし、決まりごとというのも、13世紀前半のシチリア派から、世紀後半の清新体派、そしてダンテを経てペトラルカに至るまでのおよそ百年ほどの間に徐々に整備されていった、はなはだ緩やかなものに過ぎません。そもそも、個々の作品ごとに最も適した新しい形式を編み出すことこそが、詩人の評価を高めるものとされていましたから、一定の標準形式など生まれようもなかったのです。ともあれ、ペトラルカによって一応定式化されることとなった主な条件は、とりあえず次のような2項目にまとめることが可能です。

①構成の等しい複数の詩連（**スタンツァ** stanza）を連結させた構造を持ち、通常それらよりも短い別れの一詩連（**コンジェード** congedo）をもって作品が結ばれる。

②**各スタンツァは11音節詩行と7音節詩行**の組み合わせによって構成され、多くの場合、前半部（**フロンテ** fronte）と後半部（**シルマ** sirma）の二部分に分かれており、全体で十数行程度の長さを持つ。

2. スタンツァの構造

　実際の作品を見ながら具体的にお話しした方が分かりやすいと思いますので、まずは、若い頃のダンテもそのひとりであった清新体派の詩人グイド・グイニッツェッリの代表作のひとつを取り上げましょう。『神曲』の**テルツァ・リーマ**をご紹介した際、《愛欲の獄》に落ちたフランチェスカがダンテの問いに答えて発した言葉をご記憶でしょうか。地獄篇第5歌の、amorという言葉で始まる三つの**3行詩連**（§5.c）です。あの中でフランチェスカが下敷きにしていたのが、実はこの**カンツォーネ**なのです。

　文学研究の分野で近年よく耳にする言葉のひとつに「間テクスト性」というのがありますが、伝統の積み重ね（<u>繰り返しではなく…</u>）を発展の原動力としてきたイタリア詩の世界にあっては昔からごく当然の現象であり、改まって言うほどのことではありません。ですので、ダンテが下敷きにしたこの**カンツォーネ**もまた、それ以前の**トロバドール**や**トゥルヴェール**たちの作った様々な作品を下敷きにしています。鳥のことをausello、森のことを verdura などと呼ぶのも、決して気まぐれでもなければ、古語や方言でもなく、**トロバドール**の作品でキー・ワードとなっていた古プロヴァンス語の語彙をそのままイタリア語化して用いているからでして、単なる影響や模倣ではなく、詩人の意識的な選択の結果です。

Al cor gentil rempaira sempre amore　　　　　A　　　　　1
1 ❷ 3 ❹ 5 ❻ 7 ❽　 9 ❿11

come l'ausello in selva a la verdura;	B	2

❶ 2 3 ❹ 5　❻ 7 ❽ 9 ❿11

né fe′ amor anti che gentil core,	A	3

❶ 2 3 ❹ ❺ 6 7　❽ 9 ❿ 11

né gentil core anti ch'amor, natura:	B	4

❶ 2 3　❹ ❺ 6　7 ❽　9 ❿ 11

ch'adesso con′ fu 'l sole,	c	5

1 ❷ 3 ❹　5 ❻ 7

sì tosto lo splendore fu lucente,	D	6

1 ❷ 3 ❹　5 ❻ 7 ❽ 9 ❿ 11

né fu davanti ′ l sole;	c	7

1 ❷ 3 ❹ 5　❻ 7

e prende amore in gentilezza loco	E	8

1　❷　3 ❹ 5　❻ 7 ❽ 9 ❿11

così propïamente	d	9

1 ❷ 3 ❹ 5 ❻ 7

come calore in clarità di foco.	E	10

❶ 2 3 ❹ 5　❻ 7 ❽ 9 ❿11

愛は常に高貴なる心に帰るもの、
ちょうど鳥が森の木々に帰るように。
自然は、高貴なる心に先がけて愛を創ることも、
愛に先がけて高貴なる心を創ることもしなかった。
ちょうど、太陽が在るやいなや
間髪を入れず光が輝き、また
それ以前に太陽は存在しなかったように。
そして、愛が高貴さの中に座を見出すのは
まさにその当然の居場所として
熱が炎の明るさの中に宿るに等しい。

これが第1スタンツァ stanza です。ちなみに、このスタンツァという用語ですが、これはダンテも『俗語詩論』において用いている、いわば正式なものではあるものの、同じ用語は§3で申しましたように叙事詩のオッターヴァ・リーマの詩連を指す言葉としても使われており、場合によってはオッターヴァ・リーマそのものの同義語として用いられることさえあります。そこで、混乱を防ぐために、カンツォーネの詩連を指す言葉としてはもう少し一般的な用語であるストローフェ strofe あるいはストローファ strofa が使われることもあります。しかし、本書においてはスタンツァと呼ぶことにしますので混乱しないよう注意してください。

　さて、ご覧のように、この作品のスタンツァは10行で構成されており、内訳は11音節詩行が7行、7音節詩行が3行となっています。一般に11音節詩行の比率が高まるほどスタンツァは荘重な響きを帯びます。また、古い時代には7音節詩行のみならず5音節詩行も用いられた例がありますが、この場合も響きは軽くなりますし、またスタンツァ冒頭の第1行が11音節詩行であるかそれとも7音節詩行であるのかというのも、作品の傾向を決定づける上で重要な要素になります。

　さて、カンツォーネのスタンツァは、先に述べたように、多くの場合、フロンテ（前半部）とシルマ（後半部）という二つの部分から成り立っており、この作品の場合は第4行までがフロンテ、第5行以下がシルマです。また、よく見ますと、フロンテそのものも前半と後半の二部構成になっていることが分かります。この各部分をピエーデ piede と言います。2つのピエーデは、脚韻は別として、各詩行の音節数とその組み方に関しては完全に同一の構成でなければなりません。本作品の場合、第1-2行が第1ピエーデ、第3-4行が第2ピエーデです。

　押韻を含めてスタンツァのこうした構成を表わすに当たっては、11音節詩行の脚韻を大文字のアルファベット、7音節詩行のそれを小文字のアルファベットで表記するとともに、フロンテとシルマの境界をセミコロン「；」で、また第1ピエーデと第2ピエーデの境界をコンマ「，」でもって示すのが慣例となっています。つまり、本作品の構成は「ＡＢ，ＡＢ；ｃＤｃＥｄＥ」という具合に表記されます。

　なお、第5行と第7行の押韻「ｃ」は sole という同一の単語で行なわれて

いる点に注意してください。これは**同単語韻**rima identica［リーマ・イデンティカ］と呼ばれ、通常は避けるべきものとされていましたし、実際、時代とともに廃れていきます。これに対し、綴りが同じでも同音異義語であったり、品詞が異なっていたりするものは**同音異義語韻**rima equivoca［リーマ・エクイーヴォカ］と呼ばれて珍重され、高等テクニックのひとつに数えられます。しかし、この作品の場合は該当しません。グイニッツェッリは明らかにこのsoleという単語に特別な意味（＝神）を込めて用いており、作品を読み進めていきますと、第42行（第5**スタンツァ**）でまたしてもこの sole という言葉を行末に配置しています。

さて、話を**スタンツァ**の構成に戻しますと、**フロンテ**で用いられている脚韻（ＡＢ）と**シルマ**で用いられるそれ（ＣＤＥ）との間に共通性がないことにも注意してください。これも**カンツォーネ**の**スタンツァ**における決まり事のひとつです。また、初期（ペトラルカ以前）の**カンツォーネ**にあっては、ちょうど**フロンテ**が2つの**ピエーデ**に分割されるように、**シルマ**もまた同一の形式を持つ2つの部分（**ヴォルタ**volta）に分かれているケースが少なからずありました。ダンテは『俗語詩論』*De vulgari eloquentia*の中で**カンツォーネ**をそのようなものとして説明しているのですが、実際には、比較的早い時期から**シルマ**を単一の構成とするのがむしろ普通になっていました。

ちなみに、ダンテは**フロンテ**という用語を「2つの**ピエーデ**に分割されない単一構成の前半部」という意味に用いており、同様に**シルマ**についても「2つの**ヴォルタ**に分割されない単一構成の後半部」であると定義しています。しかし、実際には**フロンテ**も**シルマ**も、上に述べたとおり、**ピエーデ**や**ヴォルタ**に分割されるか否かとは関わりなく、それぞれ単に**スタンツァ**の前半部と後半部という意味で使うのが一般的な用語法です。

3. スタンツァの連結

さて、**スタンツァ**の成り立ちを一通り見たところで、次にそれらの組み合わせに移りましょう。先にも述べたように、**カンツォーネ**はこうした**スタンツァ**を複数個連ねて作られます。もちろん、各**スタンツァ**の構成は同一でなければなりませんが、**スタンツァ**同士を相互に結び合わせる押韻の仕方に関しても、

すでに**トロバドール**の時代から様々な可能性が追求されていました。ただ、先に申しましたように、**トロバドール**の**カンソ**に比べてイタリアの**カンツォーネ**はより凝った構造の**スタンツァ**を持つようになっていますので、それに伴って**スタンツァ**と**スタンツァ**を関連付ける方法も若干の変化を被ります。しかし、様々な技法を表す専門用語などは、古プロヴァンス語のものがイタリアにおいてもそのまま用いられている場合が多く、そうした事情からも、まず**カンソ**について少しだけお話をしておいた方がいいと思います。

　トロバドールたちの作品は、すでに述べたように詩と音楽の両方から成り立っておりまして、それが関係してか、**詩節（コブラ）**の構造は比較的シンプルでした。具体的に申しますと、まずもって規模の小さいものが多い。**1詩行**の音節数、そして**1詩連**の行数ともに少なめで、【**8～10音節詩行×8～10行**】程度、しかも**一定音節数作詩法**によるものが多く、**カンツォーネ**の**スタンツァ**が**11音節詩行**を中心とする計十数行の**詩行**で構成されるのに比べて一般に小ぶりで、平均的に言えば構成も単純です。

　そして、今私たちが問題にしようとしている**詩連**相互間の押韻システムについても同じことが言えます。まずもって、**各詩連**の押韻システムを完全に同一にしてしまう**コブラス・ウニッソナンス**coblas unissonansというタイプが非常に多い。これは、押韻の仕方のみならず、**脚韻**そのものをすべての**詩節**で完全に揃えてしまうもので、例えば、ＡＢＢＣ…／ＡＢＢＣ…／ＡＢＢＣ…といった作りになります。創作に当たっての難易度はさておくとして、完成形態としては極めて単純です。

　これに次いで多いのは、連続する２つの**詩連**を一組として、この一組ずつを上記の**コブラス・ウニッソナンス**でまとめていくもので、これを**コブラス・ドブラス**coblas doblasと言います。先の**コブラス・ウニッソナンス**が、いわば**単一脚韻**の考え方を**詩連**の組み方に当てはめたものだとしますと、こちらは**吻合韻**の**詩連**バージョンだと見ることができます。そして、これはかなり少数派になりますが、押韻の仕方のみを全詩連共通としたうえで、**脚韻**そのものは**詩連**ごとにすべて異なるというタイプもあります。例えば、ＡＢＢＣ…／ＤＥＥＦ…／ＸＹＹＺ…といったものです。これは**コブラス・シングラールス**coblas singularsと呼ばれました。

　トロバドールたちの作品の多くはざっと以上のような3タイプに分類できますが、中でも圧倒的に多数を占めるのは**コブラス・ウニッソナンス**型です。一方、イタリアの**カンツォーネ**において主流になっていくのは、**カンソ**の中では少数派に過ぎなかった**コブラス・シングラールス**であり、多数派だった**コブラス・ウニッソナンス**や**コブラス・ドブラス**（あるいはその変種）は影を潜めてしまうのです。

　なお、それぞれの**詩連**の内部ではまったく押韻を行なわずに、異なる**詩連**間でのみ脚韻を踏んでいくシステム（例えば、ＡＢＣＤ…／ＡＢＣＤ…／ＡＢＣＤ…）もあり、これは**コブラス・ディッソルータス**coblas dissolutasと言いますが、**セスティーナ**など非常に特殊な詩形に用いられたものですので、ここではあえて触れないことにしたいと思います。

　さて、それでは先ほど第1**スタンツァ**を読んだグイド・グイニッツェッリの作品の第2**スタンツァ**をごいっしょに確認していきましょう。

Foco d'amore in gentil cor s'aprende　　　　　A　　11
　❶ 2 3 ❹ 5 ❻7❽ 9 ❿ 11

come vertute in petra prezïosa,　　　　　　　B　　12
　❶ 2 3 ❹ 5 ❻ 7 ❽9❿11

che da la stella valor no i discende　　　　　A　　13
　❶ 2 3 ❹5 6❼ ⑧ 9 ❿ 11

anti che 'l sol la faccia gentil cosa;　　　　B　　14
　❶2 3 ❹ 5 ❻ 7 ❽9 ❿ 11

poi che n'ha tratto fore　　　　　　　　　　c　　15
　❶ 2 3 ❹ 5 ❻7

per sua forza lo sol ciò che li è vile,　　　D　　16
　1 2 ❸ 45 ❻ ❼ 8 9 ❿11

stella li dà valore:　　　　　　　　　　　　c　　17
　❶ 2 3 ❹ 5❻7

così lo cor ch'è fatto da natura　　　　　　　E　　18
　1❷3 ❹ 5 ❻7 8 9 ❿11

asletto, pur, gentile,   d   19

  1 **②** 3 **④**   5 **⑥**7

donna a guisa di stella lo 'nnamora.   E   20

 ①   2 **③** 4 5 **⑥⑦** **⑧**   9 **⑩** 11

高貴なる心に愛の炎が宿るのは
宝石に力が宿るようなもの。
石に星から力が降りるのは
太陽が石を高貴なものに変えた後のこと。
まずは太陽がその力により
石から不純物を取り除き、
然る後に星がその力をもたらす。
同様に、心も自然によって
高貴かつ純粋で清らかなものとされた後、そこに
貴婦人がちょうど星のように愛を吹き込むのだ。

  脚韻を示すアルファベットは第1**スタンツァ**の説明のときと同じものを使いましたが、この作品もイタリアの多くの**カンツォーネ**同様、**コブラス・シングラールス**による構成を持っていますので、第2**スタンツァ**の脚韻そのものは第1**スタンツァ**のそれとは異なります。ここでは**スタンツァ**の構成そのものが同一であることを示すために、とりあえず同一のアルファベットを使いました。

  ところで、まず第1行の冒頭からちょっと驚かれたのではないかと思います。そう、すぐ先ほど、第1**スタンツァ**の最後にあったfocoという言葉が再び真っ先に現れます。これは**コブラス・カプフィニーダス**coblas capfinidasと呼ばれる技法でして、もともとは**詩連**と**詩連**との結合を強固なものにすることを目的として編み出されたものです。**トロバドール**たちは、自分の作品を歌う**ジョングルール**が詩連の順番を間違えたり、いずれかの**詩連**を素っ飛ばしてしまったりすることがないよう、こうして対策を講じていたわけです。ですが、グイニッツェッリのようなイタリアの詩人の場合は、そうした「実用上の」目的よりも美的・文学的効果のための技法という意味合いが強い。ですので、す

べての**詩連**においてこの技法が用いられているわけではありません。

　現代詩の場合、本書で取り扱っているような古典的**韻律法**は完全に放棄されているのが普通ですが、それでも、時折、作品中に**11音節詩行**や**脚韻**その他、古典的な技法や、あるいは**2行詩連**、**4行詩連**などが目に付くことがあります。ウンベルト・サバという20世紀の有名な詩人の作品などにも、冒頭の数行だけが非常に伝統的な形式に則って書かれているケースが多い。このような場合、たとえそこに用いられている技法そのものが古典的であっても、それを用いるかどうかは詩人が恣意的に判断しているわけで、従ってそうした技法の持っている意味が伝統的な作品の場合とはまったく異なっています。**トロバドール**たちの作品に由来する様々な技法に関しても、イタリア詩の中にそれらを見出した場合には、似たような意味で注意して眺める必要があります。

§9．イタリア詩の技法 ③リーマ・シチリアーナ

　さて、Foco d'amore in gentil cor s'aprende という第11行を読むと、『神曲』地獄篇第5歌第100行の Amor, ch'al cor gentil ratto s'apprende というフランチェスカの言葉が、まさにこれを下敷きにしたものであったことがよく分かりますね。ともあれ第12行以下、**スタンツァ**の構成が先に見ました第1**スタンツァ**のそれと同一の「ＡＢ，ＡＢ；ｃＤｃＥｄＥ」であることを確認してください。

　と、ここで再びオヤッと思われる方が多いと思います。**スタンツァ**の構成が今度も同一でなければならないならば、第18行と第20行で押韻（Ｅ）が行なわれる必要があります。ところが、実際はどうでしょうか。

così lo cor ch'è fatto da nat**ura**	E	18
asletto, pur, gentile,	d	19
donna a guisa di stella lo 'nnam**ora**.	E	20

第18行の行末の言葉が nat**ura** であるのに対して、第20行のそれは 'nnam**ora** となっており、これでは完全な**脚韻**とは言えません。ちなみに先

のスタンツァの第8行と第10行の場合はlocoとfocoでした。

　先に**テルツァ・リーマ**の説明（§5）に際して『ランベルタッツィ家とジェレメイ家のシルヴェンテーゼ』という民衆的な作品の一部をご紹介しましたが、やはりその中に不完全な**脚韻**が含まれていたのをご記憶でしょうか。叙事詩的なジャンルの作品、とりわけ民衆的なものの場合は、主たる関心が歌われる事件そのものにありますので、**韻律法**に関してはさほどの厳密さは求められません。しかし、抒情詩、わけても格式の高い**カンツォーネ**となれば話は別です。実際、グイニッツェッリの**カンツォーネ**に現れた -**u**ra ／ -**o**ra という不完全韻は立派な技法のひとつでして、決して詩人の能力不足や杜撰さの表れではありません。このように、-o- と -u- あるいは -e- と -i- を同等に扱って押韻する方法は**リーマ・シチリアーナ** rima siciliana、つまり「シチリア式脚韻」と呼ばれます。

　すでにお話ししたように、イタリアの抒情詩は、ヨーロッパの他の地域におけるのと同様、初期においては**トロバドール**作品の圧倒的な影響下にありましたが、そうした状態でイタリア語による詩作が開始されたのは、13世紀前半のシチリアを中心とする南イタリアだったのです。これは、当時の南イタリアを支配していたホーエンシュタウフェン朝のフリードリヒ2世（伊：フェデリーコ2世）という神聖ローマ皇帝が文化政策のひとつとして行なった活動の一環をなしていました。皇帝自身も詩作をしましたし、皇族や臣下の高級官僚たちも同様でした。用いられた言語は当時のシチリア語であったと考えられます。そして、シチリア語の母音体系は、同時代の中部イタリアのそれとは若干異なっていたのです。少し面倒な話になりますが、イタリア詩に特徴的な脚韻のひとつである**リーマ・シチリアーナ**を理解するためにしばらくお付き合いください。

　イタリア語にせよシチリア語にせよ、祖先はラテン語です。そしてラテン語の母音は、表記の上では A, E, I, O, U の5つですが、実際にはちょうど日本語と同じように長音と短音の別がありました。つまり、〔アー／ア〕、〔エー／エ〕、〔イー／イ〕、〔オー／オ〕、〔ウー／ウ〕がそれぞれ区別されていて、もちろん、こうした長短によって単語の意味にも違いが生じました。日本語の「**承知しました**」と「**処置しました**」が違うようなものです。ただ、日本語の場合にはカナにおいてもこれを〔**しょうち**〕、〔**しょち**〕という具合に区別して表記しますから混

乱が生じないのに対し、ラテン語では表記上はまったく同じになってしまいます。例えばOSと書かれる単語が、"オース"と長く伸ばして発音されたら「口」、一方、短く"オス"と発音されると「骨」を意味する、といった調子だったのです。要するに、表記上は5つにまとめられていても、実際には10種類の母音が使い分けられていたということになります。

その後、この母音の長短の区別はどの地域でも失われていきまして、代わりにアクセントの有無だけが重要になっていきます。イタリア詩においてもアクセントが非常に重要な役割を果たしているのは、すでに最初にお話ししたとおりです。

さて、ここでもし単純に長短の区別だけが無くなって、ラテン語のA, E, I, O, U がそのままイタリア語やその他のロマンス語の a, e, i, o, u に変化していったのでしたら、話は簡単に済んだことでしょう。ところが、現実にはそうはなりませんでした。上記のようなラテン語の10種類の母音体系に対し、その後の各言語はさまざまに異なる対応を見せたのです。中には非常に素直に（？）文字通りの対応をした言語もあって、例えばサルディニア語がそうでした。

ラテン語	イー、イ	エー、エ	アー、ア	オー、オ	ウー、ウ
サルディニア語	i	e	a	o	u

一方、イタリア語（トスカナ語）の場合はそう単純ではなく、まずもって長短の区別を失った代わりに口の開き加減を調節して7つの母音を作り出し、その7つにラテン語の10個の母音（アクセントのあるもの）を次のように振り分けたのです。

ラテン語	イー	イ、エー	エ	アー、ア	オ	オー、ウ	ウー
イタリア語	i	é	è	a	ò	ó	u

そこで、例えばラテン語のSTELLAM［ステールラム］に由来するイタリア語の「星」を意味する言葉はstélla（表記上はstella）となり、その一方で、ラテン語のNIVEM［ニヴェム］に由来するイタリア語の「雪」もまたniveではなくnéve（表記上はneve）となりました。

そして今度はシチリア語です。こちらはラテン語の10種類の母音を、7つではなく5つの母音に振り分けました。母音の数に関してはサルディニア語と同じですが、その振り分け方は異なっていました。なんと、こんな具合に振り

分けたのです。

ラテン語	イー、イ、エー	エ	アー、ア	オ	オー、ウー、ウ
シチリア語	i	e	a	o	u

　その結果、「星」は stilla となり、「雪」も nivi となってしまいました。なぜ、niveではなくniviなのか、と不審に思われたかもしれませんが、実は上の振り分け表は強勢音節の母音に関するものでして、非強勢音節にあっては、シチリア語の場合、母音がa, i, uの３つだけになってしまったのです。

　各言語がなぜこんな風にバラバラな振り分け方をしたのかという問題に関しては専門家によって詳しい研究が行なわれていますが、今の私たちにとって重要なのは、それよりも抒情詩の最初のモデルが**トロバドール**たちによる古プロヴァンス語の作品であり、これに倣ったシチリア派の作品がシチリア語、そしてさらにそれに倣った中部イタリアの詩人たちの作品はイタリア語（トスカナ語）で書かれたという文学史的な事情です。

　シチリア派においては、例えば「見る」と「告げる」という二つの動詞を使ってvidiriとdiriで押韻することができましたが、イタリア語では同じ組み合わせがvedereとdireになってしまいます。同様に、ラテン語のAMOREM［アモーレム］に由来する「愛」は、シチリア語ではamuri、一方イタリア語ではamoreとなります。「自然」に関してはどちらの言語でもnaturaになりますので、グイニッツェッリの**カンツォーネ**の第18行と第20行も、仮にこれがシチリア語による作品であったとしたならば、'nnam**ura** と nat**ura** で完全な押韻ができているということになるのです。

　もちろん、これは飽くまでも、<u>仮にシチリア語の作品であったならば</u>…という話でして、実際にはイタリア語の詩であるわけですから、結果、ご覧のように**不完全韻**になってしまうのですが、詩作の伝統はシチリア語からイタリア語へと引き継がれたのであって、その逆ではありませんでした。しかも、中部イタリアの詩人たちは、多くの場合（あるいは常に）中部イタリアで作られた写本を通じて、彼らが手本としたシチリア派の作品に接したと考えられています。写本を作った写字生自身、シチリア語はよく知らないわけですから、たとえ元になった写本にvidiriだのamuriだのと書かれていても、深く考えることなしにこれを《正しい》イタリア語に直してしまってvedere, amoreと書き写し

ていた可能性が高い。彼らは現代の文献学者などとはまったく異なる目的、異なる精神で写本を作っていましたから、これを非難することはできません。

　で、そうなると、中部イタリアの詩人たちはこういう風に書かれた手本を見て、そうか、押韻に当たってはこういうことが許されるのだ、つまり -i- と -é-、あるいは -u- と -ó- で脚韻を踏むことができるのだ…と思い込んだとしても不思議ではありません。実際にはそこまで単純な話ではなかったと思われますが、大雑把に言ってしまうと、だいたいこんな事情から**リーマ・シチリアーナ**という技法が誕生したのだということです。

　余談になりますが、グイニッツェッリが第1スタンツァで踏んでいたamore / coreという脚韻も、本当の発音はamóre / còreですから厳密には不完全韻になるところです。しかし、シチリア派の伝統を継承したイタリア詩においてはこれも完全韻として扱われます。

§10.　抒情詩の形式　その3

1.カンツォーネ全体の構成

　では、話をグイニッツェッリの**カンツォーネ** *Al cor gentil*に戻して、次の第3スタンツァへと読み進めましょう。第2スタンツァと第3スタンツァはここでもやはり**カプフィニーダス**によって繋がれていますが、今度はまったく同一の語彙ではなく、innamorareという動詞からamoreという名詞に変化しています。この技法においては、同系統の語彙でさえあれば品詞が変わっても構いませんし、また該当する単語の位置も、必ずしもこのように**詩行**の冒頭である必要はなく、**詩連**の第1行中であればどこでも構いません。なお、蛇足ながら、同じように前の**詩連**の最終行と次の**詩連**の最初の行を結びつける技法である**カプカウダーダス**（§5）と混同しないよう注意してください。

Amor per tal ragion sta 'n cor gentile　　　　　　　A　　　　21
1❷　3❹　5❻　　7❽　9❿11

per qual lo foco in cima del doplero: B 22

1 **2** 3 **4** 5 **6** 7 **8** 9 **10** 11

splendeli al su᾿ diletto, clar, sottile; A 23

1 2 3 **4** 5 **6** **7** **8** 9 **10** 11

no li stari᾿ altra guisa, tant᾿è fero. B 24

1 2 3 **4** 5 **6** 7 **8** 9 **10** 11

Così prava natura c 25

1 **2** **3** 4 5 **6** 7

recontra amor come fa l᾿aigua il foco D 26

1 **2** 3 **4** 5 6 **7** **8** 9 **10** 11

caldo, per la freddura. c 27

1 2 **3** 4 5 **6** 7

Amore in gentil cor prende rivera E 28

1 **2** 3 **4** 5 **6** **7** 8 9 **10** 11

per suo consimel loco d 29

1 **2** 3 **4** 5 **6** 7

com᾿adamàs del ferro in la minera. E 30

1 2 3 **4** 5 **6** 7 **8** 9 **10** 11

愛が高貴なる心に宿るのは
炎が常に燭台の頂点に在るようなもの。
他ならぬその場所で、自由に、明るく、純粋に輝き、
他の在り方が似つかわしくないのは、その誇り高さゆえ。
卑賤な性質は
水が、その冷たさゆえに熱い火に逆らうように
愛に逆らう。
愛が高貴なる心を自らの場所として
そこに寄る辺を見出すのは
金剛石が鉄の鉱脈に潜むのに等しい。

　さて、**詩節**の構成がこれまでに見てきた第1および第2**スタンツァ**と変わらないことは改めて言うまでもありませんが、ここでは**脚韻**に関してさらに注意深く見ておくことにしましょう。

　この作品が**コブラス・シングラールス**による構成を持つことは、これまたすでに何度も確認しました。つまり、個々の**詩連**の枠を越えての押韻はされていないということです。つまり、**詩連**同士を連結する仕事は、**脚韻**ではなく**カプフィニーダス**に任されているわけです。しかしながら、それとは別に、これまで見てきた3つの**スタンツァ**の間には何か共通した響きが感じられるという印象を持たれた方が多いのではないかと想像します。そうした印象はどこから来るのでしょうか。

　まず、第1**スタンツァ**の**脚韻**と第2**スタンツァ**のそれを比べてみますと、確かに両者の間に対応関係は存在しないのですが、先に**リーマ・シチリアーナ**の例として取り上げた第2**スタンツァ**の -ura という韻（18, 20）は、すでに第1**スタンツァ**の**フロンテ**で用いられたもの（2, 4）であることに気づかされます。しかも、-ura という脚韻のみならず natura（4）という語彙そのものが使われていました。そして、この名詞は第3スタンツァでもやはり行末に配置されて（25）、今度は freddura（27）と韻を踏みながら登場します。同じように foco（10, 26）と loco（8, 29）そして gentile（19, 21）もそれぞれ二度、しかも foco と loco の二語に至っては、この両者が一組となって（8, 10; 26, 29）押韻が行なわれています。

　語彙そのものは異なりますが、第1**スタンツァ**の amore（1）, core（3）に用いられた -ore という**脚韻**は、第2**スタンツァ**の fore（15）, valore（17）と共通ですし、さらに、第1**スタンツァ**の lucente（6）, propiamente（9）と第2**スタンツァ**の s'aprende（11）, discende（13）は**母音韻**rima assonanza［リーマ・アッソナンツァ］を形成します。**母音韻**とは母音のみ等しく子音が異なるもので、**脚韻**に準ずるものとでも言うべき技法です。こうしてみますと、ほとんどの**詩行**において、隣接する**詩連**の中に何らかの呼応する響きを認めることができるということがお分かりいただけると思います。

　同一語彙を含めてこれほど多くの共通の**脚韻**ないし**母音韻**が用いられれば、たとえ**コブラス・シングラールス**といえども、それぞれの**スタンツァ**が互いに

強い絆で結ばれているという印象が生じるのは当然です。こうした方法は、これをひとつの技法として指す特別な用語こそないものの、詩人の意図した方向を非常に明確に示すものですので、読者としては是非ともそれを感じ取り、意識する必要があると言って差し支えないでしょう。このように使用する語彙を選び抜いたうえ、韻律法に則して細心の注意を払いつつそれらの配置を考える詩作方法は、やがてペトラルカの**カンツォーネ**において頂点に達します。そして、その後も16世紀のペトラルキズモを経て近代に至るまでイタリア詩の特徴であり続けるのです。

2. コンジェード

　さて、このグイニッツェッリの作品は60行から成っていますので、ちょうどその半ばまでお付き合いいただいたことになります。これ以降の第4、第5**スタンツァ**は簡単な紹介にとどめさせてください。これまでにお話しした要素や技法が繰り返し登場しますので、それらに気を留めながら読んでいただけたらと思います。ただし、内容の解釈にあたっては注意が必要です。古い時代の抒情詩にあっては少しも珍しくないことですが、専門家の間でも意見の分かれる難解な箇所がこの作品にも数多く見られるからです。それどころか、解釈以前にテキストそのものに関しても、古くから伝わっている10冊ほどの重要写本の間にかなりの異同があり、オリジナル作品の復元の仕方も学者によって異なっています。今私たちの読んでいるテキストも実はそれらのうちのひとつですので、ここに付した和訳も詩のテーマについておおよそのところを知っていただくための単なる参考資料とお考えください。

Fere lo sol lo fango tutto 'l giorno	31
vile reman, né 'l sol perde calore;	32
dis' omo alter: "Gentil per sclatta torno";	33
lui semblo al fango, al sol gentil valore:	34
ché non dé dar om fé	35
che gentilezza sia fòr di coraggio	36

in degnità d'ere'	37
sed a vertute non ha gentil core,	38
com' aigua porta raggio	39
e 'l ciel riten le stelle e lo splendore.	40

太陽が泥を一日中照らし続けても
泥は不純なまま残り、太陽も熱を失いはしない。
傲慢な男が、「俺は高貴な血筋だ」と言うなら
私は彼を泥にたとえよう。そして高貴な力は太陽に（たとえよう）。
何となれば、高貴さが心の内ではなく
血統に宿るのだなどとは
誰も信ずるべきではないからだ。
もし、人が高貴なる心を活性化させていないなら、
水が太陽の光線を受けるだけで
天が星々と輝きを保つようなもの。

Splende 'n la 'ntelligenzïa del cielo	41
Deo crïator più che 'n nostr'occhi 'l sole:	42
quella intende suo fattor oltra cielo,	43
e 'l ciel volgiando, a Lui obedir tole,	44
e con' segue, al primero,	45
del giusto Deo beato compimento:	46
così dar dovria, al vero,	47
la bella donna, poi che 'n gli occhi splende	48
del suo gentil talento,	49
che mai di lei obedir non si disprende.	50

造物主たる神は、聖なる知性（＝天使）の中に
我らの目に太陽が輝くのにも増して輝く。
それ（＝天使）は天の彼方の神の意思を汲み取り、

天を回転させることにより、速やかにこれに従う。
こうして、義しき神の
祝福された意志を実現させるように、
麗しき貴婦人も、彼女を求める
高貴なる恋人の目の中に輝き、
彼女の意志に沿わぬことなきよう
彼を導くのだ。

　さて、それでは第6**スタンツァ**、すなわち最後の**詩連**へと道を急ぐことにしましょう。ここに至って、それまでとは雰囲気が大きく変わります。

Donna, Deo mi dirà: "Che presomisti?",	A	51
❶ 2 ❸ 4 5❻ ❼ 8 9❿ 11		
sïando l'alma mia a Lui davanti.	B	52
1❷ 3 ❹ 5 ❻ 7 ❽ 9❿ 11		
"Lo ciel passasti e 'nfin a Me venisti	A	53
1 ❷ 3 ❹ 5 ❻ 7 ❽ 9❿ 11		
e desti in vano amor Me per semblanti:	B	54
1❷ 3 ❹ 5 ❻ ❼ 8 9 ❿ 11		
ch'a Me conven le laude	c	55
1 ❷ 3 ❹ 5 ❻ 7		
e a la reïna del regname degno,	D	56
❶ 2 3❹5 ⑥ 7 ❽ 9 ❿ 11		
per cui cessa onne fraude".	c	57
1 ❷ ❸ 4 5 ❻ 7		
Dir Li porò: "Tenne d'angel sembianza	E	58
❶ 2 3 ❹ ❺ 6 ❼ 8 9 ❿ 11		
che fosse del Tuo regno;	d	59
1 ❷ 3 4 ❺ ❻ 7		

non me fu fallo, s'eo li posi amanza".　　　　　　　E　　　　60

❶　2　3　❹5　❻　7　❽9　❿　11

貴婦人よ、私の魂が神の前に行くとき、

彼は私に言うだろう、「一体なにを思ったのだ？

天を通り抜けて、この私のところまでやって来たとは、

虚ろな愛をこの私にたとえたお前が。

私には賛美のみが為されるべきなのだ、

そして、あらゆる罪業を消滅させる力のある

王国の女王（＝聖母）に対しても」と。

私はこう答えよう、「天使の姿をしていたのです、

まさにあなたの王国の者であるかのごとくに。

私が彼女に愛を捧げたとて、私に罪はありません」と。

　　第5**スタンツァ**までのいわば客観的な叙述に対して、ここでは冒頭の Donna, ... という呼びかけの言葉からも分かるように、相手を特定しての対話の形が採られています。その内容も、詩人が神様と交わすいささかふざけた対話です。**母音韻**を含めて、**脚韻**もこれまでの**スタンツァ**と共通するものは使われておらず、これもこの第6**スタンツァ**に今までとは異なる響きを与える要因となっています。なお、第54行の行末のsemblantiという形容詞は、本来は単数形semblanteであるべきだと思われますが、恐らくは davanti（52）と韻を踏むための措置であり、**リーマ・シチリアーナ**の一種でしょう。

　　さて、この最終**スタンツァ**は**コンジェード**congedo、すなわち「暇乞い」と呼ばれる特殊な詩連で、**トロバドール**たちの**カンソ**にあっては**トルナーダ**tornadaと呼ばれていました。特徴は何者かに対する呼びかけの形を採っていることですが、多くの場合、呼びかける相手は当該の**カンツォーネ**そのものになります。しかし、この作品のケースのように愛の対象となる貴婦人や仲間の詩人の場合もあり、そんなケースでは通常、誰のことかが識別できないよう本名ではなく**セニャール**senhal（あだ名）が使われます。そして、もうひとつ重要な点は、他の**スタンツァ**よりも短いのが普通だということです。その意味で他の**スタン**

ツァとまったく同じ規模と形式を備えているグイニッツェッリのこの作品の**コンジェード**は、いささかアルカイックなスタイルのものであると言えます。

　では、もっと進化した古典的**カンツォーネ**の典型はどのようなものなのでしょうか。次のセクションでは、それを確かめるために、**コンジェード**を含めて古典的**カンツォーネ**の形態を完成に導いたペトラルカの代表的作品のひとつを取り上げてごいっしょに読んでみましょう。

§11. 抒情詩の形式　その4

1. ペトラルカのカンツォーネ

　カンツォーネという詩形そのものに関しては、グイニッツェッリの作品を例にとってかなり詳しくご説明しましたので、ペトラルカ作品については**スタンツァ**の構造と**コンジェード**のあり方に話題を限定したいと思います。たいへん有名な『カンツォニエーレ』126番を取り上げることにしましょう。**スタンツァ**の第1行は通常の**11音節詩行**ではなく次のような**7音節詩行**で、いかにも水の流れを思わせる軽快なすべり出しを見せます。

Chiare, fresche et dolci acque,
　❶ 2 　❸ 　4 　❺ ❻ 　7

　はじめに少しだけ脱線をお許しください。第1行をご覧になってオヤッと思われた方が多いのではないかと思うからです。第5音節と第6音節という隣接する音節がどちらも**強音節**になっています。**7音節詩行**の構造として、これはもちろん破格です。本来ならば第5音節は弱音節であるべきところでしょう。ならば一度そのように音読してみてください。[キアーレ・フレスケ・ドルチャックェ]ということになりますよね。しかしながら、これはふざけているとしか思えない読み方であって、イタリア人ならば思わず吹き出してしまうでしょう。言うまでもなく、この**詩行**の読み方としては、[キアーレ・フレスケ・エ・ドルチ・アックェ]とやるのが正しい。

　つまり、杓子定規に**7音節詩行**を本当に7音節にしてしまって「**ターンタ ターンタ タターンタ・・・**」という具合に読んではいけないのだということです。ただ、この詩行は先に申しましたように確かに《破格》ではありますが、だからといって読者に不自然な印象を与えるわけではありません。このあたりがペトラルカの技であり、才能であるわけで、また彼がそのような技を効果的に使いこなすことができる背景としては、イタリア人の頭脳に**7音節詩行**のリズムが先天的と言ってもいいほどの自然さをもって刻み込まれているという事情があります。つまり、いわば規格として頭の中に**7音節詩行**の枠ができているところに、その枠から僅かに外れるような詩句が入ってきますと、イタリア人の耳は無意識のうちにそれを既成の枠の中に押し込んでしまうわけです。

　ただし、その「枠から僅かに外れる」要素は、韻律法の側面のみならず意味論的な面からも、それが全体の中でごく自然に響くよう特に工夫されている必要があります。そうでないと、たとえ「僅か」ではあれ「枠から外れる」部分はやはり「外れ」ているわけで、どうしても不自然に響いてしまうからです。

　この**詩行**の場合を具体的に見ていくことにしましょう。まずもってchiare, fresche, dolciという三つの形容詞が、名詞acqueを、いずれも前から修飾するという構成になっていますね。そして、これらのうちのはじめの2つ、chiareとfrescheには**強音節**が割り当てられていますので、3つ目のdolciも同じ扱いを受けるべきだと感じられるのは当然でしょう。また、すでに2回連続した《強弱》リズムが、dolciをそのように扱うことによって3回目を迎えるわけですから、心理的なイナーシャ（慣性力）の働きにも合致しています。というわけで、ここまで、すなわち第5音節が**強音節**になるところまでは何の問題もありません。ごく自然です。

　問題が生じるとすれば、それはこの直後でしょう。**7音節詩行**である以上、第6音節は**強音節**に決まっています。ですから、その結果、第5、第6音節と**強音節**が連続することになってしまう。しかしながら、ここで注意すべきは、他ならぬこの第6音節において**語内合音**dol**ci^ac**quaが生じている点です。そして、その前半のciは、同じ条件で並置された3つの形容詞のうちの最後のひとつであるdolciの語末です。先ほど確認したように、読者はこのdolciという形容詞に対して無意識のうちにこれをchiare, frescheと同じように扱

おうとします。言い方を換えると、この形容詞は**語内合音**によって結ばれる後ろのacquaではなく、どちらかと言えば前の２つの形容詞と同じグループに属する三姉妹として捉えられたがる傾向を示すということです。

　むろん、第６音節には**句切れ**などありはしませんが、ちょっとそれに似た効果が生じると言ってもよいでしょう。強音節が連続しても不自然に響かない背景にはこうしたメカニズムが働いています。すなわち、ペトラルカは**語内合音**によって**７音節詩行**を構築しながら、その一方で、第５音節と第６音節の間に、存在しないはずの弱音節が一個あたかも介在するかのような幻影を作り出しているのです。

　ところで、この**詩行**の成り立ちは、§1で詳細にご紹介した『オルランド・フリオーソ』冒頭の第１行に少し似ていると言えなくもありません。あちらは４個の名詞が一見したところ単純に並んでいましたが、こちらも３個の形容詞がやはり並んでいて、しかも両者とも、その一見したところ、単純な構造とは裏腹に、実は、極めて注意深く構築されているからです。ただし、あちらにあった**交錯対句法**はこちらには見当たりませんし、《弱強》タイプと《強弱》タイプのリズムが**句切れ**を挟んで向かい合うという躍動的な構図もここにはありません。安定した《強弱》リズムの連続が見られるだけです。

　こうした違いはどのように考えればよいのでしょうか。この**カンツォーネ**は『フリオーソ』のような冒険やアクションを見せ場とする騎士物語詩ではありません。かつてペトラルカがそこで水遊びをするラウラをうっとりと眺めたことのあるソルグ川の流れを歌ったものです。そう考えると、常に一定の方向を保つリズムのあり方も川面に現れる波の動きを思わせると同時に、詩人のラウラに対する変わらぬ思慕を象徴するかのようにも思われてきます。

　ともあれ、アリオストにせよペトラルカにせよ、イタリア文学史上、まさに巨星の中の巨星とも言うべき存在でして、そのような彼らがここぞとばかりに精力を注ぎ込んだ成果がこれら作品冒頭の一行である場合が多い。たった一行、たった11音節とはいってもそれなりに密度の高い**詩行**になっているのは、当然といえば当然でしょう。

２．ペトラルカのスタンツァ

　さて、それでは『カンツォニエーレ』126番の最初の**詩節**の成り立ちをご
いっしょに見ていくことにしましょう。

Chiare, fresche et dolci acque,	a	1
❶ 2 　❸ 4 　❺ 　❻ 7		
ove le belle membra	b	2
❶2 3 ❹ 5 　❻ 　7		
pose colei che sola a me par donna;	C	3
❶ 2 3 ❹ 5 　❻ 7 　❽ 9 　❿ 11		
gentil ramo ove piacque	a	4
◐ 　2 ❸ 　4 5 　❻ 7		
(con sospir' mi rimembra)	b	5
1 　2 ❸ 4 5 ❻ 　7		
a lei di fare al bel fiancho colonna;	C	6
1❷3 ❹5 6 　❼ 　8 9 ❿ 11		
herba et fior' che la gonna	c	7
❶ 　2 ❸ 　4 5 ❻ 7		
leggiadra ricoverse	d	8
1 ❷ 3 ◐5 ❻ 7		
co l'angelico seno;	e	9
1 2 ❸4 5 ❻ 7		
aere sacro, sereno,	e	10
❶ 2 ❸ 4 　5 ❻ 7		
ove Amor co' begli occhi il cor m'aperse:	D	11
❶ 2 ❸ 4 　5 ❻ 　7 ❽ 　9 ❿ 11		
date udïenzia insieme	f	12
❶ 2 3❹ 5 　❻ 7		

a le dolenti mie parole extreme.　　　　　　　　　　F　　　　13

①2　3❹5　❻　7❽9　❿11

清らかで涼しく甘美なる流れよ、

この中に、身を浸したのだ、

敬愛する貴婦人として私には唯一と思われる女性が。

高貴なる樹木よ、それには彼女が

（ため息とともに思い出される）

美しい身体を好んでもたせかけたのだ。

草よ、花よ、それらを彼女は

天使のような胸と雅やかな衣で

覆ったのだ。

穏やかな聖なる風よ、その中で

愛神は（彼女の美しい瞳によって）私の心臓を射抜いた。

皆そろって聞いてくれ、

苦しみに満ちた私の最期の言葉を。

(Rvf, 126, 1 -13)

　ご覧のように計13行からなる**スタンツァ**ですが、その構成をすでにご説明した（§8．b）要領で示しますと「ａｂＣ，ａｂＣ；ｃｄｅｅＤｆＦ」ということになります。抽象的な表現にはなりますが、特徴を列挙しておきます。

①２つの**ピエーデ**から成る**フロンテ**（ａｂＣ，ａｂＣ）と単一構成の**シルマ**（ｃｄｅｅＤｆＦ）。

②**フロンテ**、**シルマ**ともに７音節詩行と11音節詩行の組み合わせ。（この作品の場合は両者の行数が各々９と４で、**７音節詩行**の比率が高く、冒頭第１行も７音節詩行であり、荘重さではなく、むしろ軽快さを身上としています。）

③行数ならびに音節数において、**シルマ**は**フロンテ**と同等か若干大きな規模を持つ。

　なお、本書で例として挙げた**カンツォーネ**はいずれも**フロンテ**を構成する２つの**ピエーデ**が**脚韻**を含めて完全に同じ形式を持っていますが、押韻に関しては必ずしもこのように揃える必要はありません。つまり第１ピエーデと第２ピエーデの間で脚韻の踏み方が異なっていても（例えばＡＢＣ，ＣＢＡ）構いません。

　ところで、以上の３つは以前にご紹介したグイド・グイニッツェッリの作品にも見られた特徴です。ここでは、それに加えて次のような重要な特徴が見られます。

④**フロンテ**の最終行と**シルマ**の最初の行が押韻（Ｃｃ）される。
⑤**シルマ**の末尾に**吻合韻**（ｆＦ）が用いられている。

　このうち、④の技法をダンテは『俗語詩論』において**コンカテナツィオー**concatenatioと呼びました。**連結韻**といった意味のラテン語で、現在でも一応これが正式名称となっているのですが、もともと「連結」を意味する普通名詞ですので、必ずしもこのような技法にのみ使われる言葉ではありません。すなわち「**カンツォーネのスタンツァ**において**フロンテ**と**シルマ**を連結する役割を担う**吻合韻**」という非常に限定された内容を示す用語として使うには少々無理があるのです。そこで、より分かりやすく表現するために、こうした技法が適用された場合の**シルマ**の最初の**詩行**（当作品の場合、第７行が相当）のことを**キアーヴェ** chiaveと呼ぶ表現方法がしばしば採られます。つまり、**キアーヴェ**は**シルマ**に属していながら**フロンテ**の最終行と押韻するわけです。その一方で、基本的に**フロンテ**の**脚韻**と**シルマ**のそれは異なっている必要がありますので、**キアーヴェ**は**シルマ**の中ではいわば例外扱いとなって孤立する結果となります。内容と文脈の面では**シルマ**に、押韻においては**フロンテ**に属するわけです。

　また、⑤に関しては、やはりダンテがこのような**スタンツァ**の結び方を**コンビナツィオー**conbinatioと呼んでいるのですが、この言葉もまたかなり一般的な意味しか持っていません。ただ、だからと言って、先の**キアーヴェ**のケースのように、特にこうした技法を指して用いられる何か別の用語があるわけでもありません。なお、**コンビナツィオー**は、必ずしもこの作品のように単純な

吻合韻であるとは限りません。例えば**吻合韻**で結ばれた２行の間に別の一行が挿入されて「ＦｇＦ」といった形になっているものもあります。

　いかがでしょうか。こんな風に抽象的に説明したのでは、ちょっと分かりにくいのではないかと心配する次第です。本当は、いろいろな詩人たちの残したさまざまな**カンツォーネ**をひとつひとつごいっしょに読みながら、説明をお聞きいただくのが正しい方法なのでしょう。ともあれ、ひとつ強調しておきたいのは、上にまとめた**カンツォーネ**の形態というものは決して《規則》ではないということです。トロバドール以降、何世代もの詩人たちが長い時間を掛け、膨大な試行錯誤を繰り返しながら作り上げていった伝統を、ペトラルカがこれまた長年にわたる推敲を積み重ねて集約し、それがさらに後の人々によって《標準形》として受け入れられたものだというのが正しい。ですから、ペトラルカ以前は言うまでもなく、以後の作品の中にも、いやそればかりかペトラルカ自身の作品の中にさえ、こうした標準形とは異なる形式の**カンツォーネ**が見受けられます。**トロバドール**の時代このかた、**カンツォーネ**というのは、むしろ形式面に関しても作品ごとに詩人に創造力を要求する、それほど高級な、格式の高い詩形だったのです。

　さて、この作品においては同一の構成を持つ**スタンツァ**が５個連結されています。相互の関係は**コブラス・シングラールス**によっており、**脚韻**そのものには**スタンツァ**間で共通性がありません。また、**カプカウダーダス**や**カプフィニーダス**といった隣接する**スタンツァ**同士を結び合わせる特別な技法も用いられていません。そして、最後に暇乞いの詩節である**コンジェード**が置かれています。それでは、この**カンツォーネ**の**コンジェード**を実際に確認しましょう。

Se tu avessi ornamenti quant'ài voglia,	A	66
1　　2　❸　4　　5　❻　7　❽　　9　❿11		
poresti arditamente	b	67
1　❷　3　❹5　❻7		
uscir del boscho, et gir in fra la gente.	B	68
1　❷　3　❹　　5　　❻7　❽9　❿11		

もしお前が自ら望むほどの美しさを備えていたならば
自信を持って
森をあとにし、人々の間へと出ていくこともできるのだが。

(Rvf, 1, 66-68)

　まず、たった3行という短さに驚かれたかと思います。もちろん、もっと長いものもありますし、逆に**コンジェード**を完全に欠いた**カンツォーネ**もあります。また、他の**スタンツァ**の**シルマ**と同じ形式をそのまま繰り返す手法もありました。ペトラルカもそうしたタイプの**コンジェード**をいくつも作っていますが、この作品のように短いものの方が一般的です。ただし、長さは様々でも、形式は通常の**スタンツァ**の末尾の数行と揃えるのが決まりです。この**コンジェード**も、先ほどごいっしょに読んだ第1**スタンツァ**の結びの3行とまったく同形式であることを確認してください。

　内容については和訳を参照すればお分かりいただけると思います。ここでtuと呼ばれているのはこの**カンツォーネ**そのものです。ペトラルカは、今作ったばかりの**カンツォーネ**に向かって声をかける体裁をとりながら、接続法半過去avessiと条件法現在porestiを組み合わせた仮定文によって、「本当はもっと美しい詩を作って世に問いたいところなのだが、こんな駄作では到底それは無理だ」と嘆いてみせているわけです。もちろん、これは修辞技法としての、つまり額面上の謙遜であって、実際にはむしろ作品の出来について並々ならぬ自信を持っていることの表れと解するべきでしょう。実際、このカンツォーネは『カンツォニエーレ』に収められた中でも有名な傑作中の傑作のひとつです。

§12.　第3章を終えるに当たって

　さて、本章を終えるに当たって、筆者もペトラルカのように自信にあふれた**コンジェード**をもってすることができるとよいのですが…。

　冗談はともかくとして、改めてお断わりするまでもないことながら、本書で扱うことのできたイタリア詩の詩形や技法はほんのわずかなものですし、そのわずかなものについての説明もまた不十分きわまるものです。**ソネット**や**カン**

ツォーネというジャンル自体、呼称は変わらずとも時代とともにその実体は変化していきますので、その意味からもはなはだ不完全な紹介になってしまっていると言わざるを得ません。ですから、例えば読者の方々が翻訳で接して関心を持たれた作品のいずれかを原語で読んでみようと思い立たれた場合、その作品の形式が本書では扱われていない、あるいはそこに用いられている技法が本書の説明とはうまく一致しない、といった事態が多々生じるだろうと思います。

　また、20世紀以後のイタリア詩は、一般に本書で取り扱ったような古典的な形式に則って書かれてはいません。もちろん、そうした現代詩といえども、これを書いた詩人は古典的な形式や技法を熟知していますし、また§1で申し上げたように、そもそもイタリア語を母語とする詩人がイタリア語を母語とする読者に向けて書いたというだけで、すでに私たちには感じ取れなくても、イタリア人にとっては知識ではなく感覚でもってひとりでに掴むことのできる要素が多く、それらはいずれも古典的な形式となんらかのつながりを持っています。要するに、規則をよく知っていて、その上でそれを無視するのと、もともと規則の存在自体を知らないがゆえにこれを守らない、というのはまったく違うわけでして、その意味では、古典的な形式を持たない現代詩は、私たち外国人にとって伝統的な作品以上に受容が難しいことになります。

　では、私たち日本人にはイタリア詩を観賞する道は完全に閉ざされているのでしょうか。いや、そんなことはありません。韻律法の知識など一切無視してしまって、詩人の意図とは異なる、いわば《勝手な》読み方をしながら詩を楽しむことは十分に可能です。そんなことをしてはいけない、などという法はどこにもありませんし、それどころか、これは詩に限らずすべての芸術作品について言えることですが、作品が一旦作者の手を離れてしまえば、鑑賞者はそれを好きなように解釈し、味わえば良いのです。さらに言いますと、ある意味ではそうした《創造的な》鑑賞の仕方が広く行なわれている間が、その作品にとっては華とも言えるのです。限られた専門家だけが、羊皮紙の写本に書かれたテキストをためつすがめつしながら、韻律法に従うとここはどう読まれるべきだとか、この部分の解釈は当時の用例からするとどうあるべきだとか、そんな考証にばかり熱を上げていても、作品自体が大多数の人々から見向きもされなくなってしまったのではどうしようもありません。海賊版が出回るのも、要

するにその作品に人気があればこそです。

　もちろん、だから海賊版が出回るのは喜ばしいことだ、などと言うつもりは
ありませんが、読者が多くなれば解釈の仕方も多様になるのは当然でして、い
にしえの詩人にしたところで、自分の作品が忘却の彼方に押しやられることな
く人々の口の端に乗っているのを知れば、たとえその読み方に少しばかりおか
しなところがあったにせよ、苦笑しながらも嬉しいと感じるのではないでしょ
うか。

　とは言いましても、読者の側からしますと、気に入った作品であればやはり
作者がどういう人物だったのか、また彼がどんな状況の下で、どういうつもり
で作った作品なのかを正確に知りたい、つまり、作者の発したメッセージを正
確に受け取りたい。そして、彼が「おお、私が丹精込めて作った詩をよくぞ正
しく読み取ってくれた！」とばかりに、幾世紀の時を超えて満足の笑みを浮か
べるであろうような理解をしてみたいという欲求を抱くのも、また自然なこと
でしょう。

　第3章の執筆を担当したのは、日本人でありながらイタリア詩を相手にそん
な無謀な（？）欲求を抱いた人間のひとりです。本書が、同じような気持ちを
持たれた方のお役に少しでも立つことができれば望外の幸せでして、イタリア
詩の韻律に関する情報を網羅しようなどとは当初よりまったく考えておりませ
ん。これを出発点により詳しい勉強をしてみようかと思われた方には、参考文
献目録を利用していただけたらと存じます。

第二部　イタリア詩と音楽

導　入

　第二部では、イタリアの詩と音楽の関係について見ていきます。イタリアの詩と音楽の関係では漠然としすぎていますから、具体的に言うと、イタリア語によって書かれた歌詞を持つ歌（イタリア・オペラや歌曲など）を知るためのヒントを、詩人と作曲家が残した作品から探していきます。

　第二部は全2章と付録からなっています。第1章では、イタリアの詩と音の関係をリズムの観点から概観し、詩が歌われる際にどのような特徴を持つのかといった基本的な事柄についてお話していきます。続く第2章では、実際の音楽作品のなかで詩がどのように扱われているのか、またその解釈にはどのような可能性があるのかといった一歩踏み込んだお話をしたいと思います。さらに付録「イタリア・バロック声楽作品の詩15選」として（いわゆる「イタリア古典歌」として親しまれているもの）韻文形式がわかるように編集した詩と日本語訳をまとめておきました。有名な声楽曲なのでどうしても音楽のイメージが先行してしまうかもしれませんが、まずは純粋に詩作品としてどのような世界がそこにあるのかを声に出して朗読して感じ取ってみてください。また、声楽を学ばれている方は韻律リズムを意識しながら読む練習をしてみてください。今まで感じられなかった音の世界がみなさんの前に現れるかもしれません。

　オペラを含む声楽曲作品を私たちが再現する際、基本となるのが音楽テキスト（楽譜）と詩テキスト（台本や歌詞）です。作品や演奏の評価は、この2つのテキストをいかに読み取り、再現できるかにかかっています。この点からも、この2つのテキストの関係性を掴むことの重要性が理解できると思います。

　具体的な作業としては、いわゆる作品分析をおこなうわけですが、音楽学研究とは少しその視点を異にしながらも、主観による勝手な解釈に陥らないために客観的事実や研究に基づき、実際の演奏でダイレクトに有益となる情報、イタリアの歌唱芸術をより深く味わうために必要とされる知識を得ることを目指します。

　通読して理解できるように専門的な内容が含まれる部分では分かりやすい記

述を心がけましたが、難しいと感じる部分についてはやはり第一部に書かれていることを振り返りながら、何度か読み返してみてください。それは音楽が頭の中で空で回る（口ずさむことができる）くらいまで何度も聞き返すのと同じ効果をもたらしてくれるでしょう。きっとそれまで本や楽譜の上で見えていた詩行や音符とは別の世界が広がってくるはずです。それでは、さっそく本題に入っていきましょう。

第1章

イタリアの詩と音の関係

§1　イタリア語の歌詞を持つ歌

1.　イタリア語の歌の歌詞

　イタリア語による歌、いわゆるオペラや歌曲といった音楽の歌詞は、基本的に韻文で書かれています。韻文と言うと文学に親しんでいる人でなければ聞きなれない言葉かもしれません。わかりやすく言うと、音やリズムに関して何らかの規則性を持った詩、と理解することができるでしょう。

　音やリズムに関して規則を持つ、という意味では音楽と近い関係にあることは間違いありません。とはいえ、音楽と詩は近い関係にあることから、両者が共存するために音楽家や詩人は様々な問題を解決したり、接点を見つけ出したりする努力をおこなってきました。音楽のために書かれた詩もあれば、詩のために書かれた音楽もイタリア音楽史のなかには存在しています。ペトラルカの詩の世界を音楽で再現しようと試みたり、プッチーニなどは自分の旋律に合う言葉を後から考えたりと、名作と呼ばれる作品であってもそれぞれの製作過程は千差万別と言えます。

　一般的にイタリアの音楽と言えばオペラが連想されるように、イタリアの歌のなかでもやはりオペラに魅了される人は少なくありません。その魅力にはまさにモザイクのようなもので、さまざまな要素からなっています。なかでも、声の魅力と声による言葉の表現には、誰もが虜になるのではないでしょうか。前者は長年培われてきたベル・カント唱法によるものです。そして、後者の魅

力は歌声による言葉の表現から生み出されます。その魅力を最大限に引き出すには、技術の習得はむろんのこと、言葉の意味の面からだけでなく音やリズムの面と関連付けることが必要となります。この章まで読んできたことを音楽のなかでどのように関連付ければよいのか。それを理解するためのヒントがこの章には書かれています。

2.　リズムについて

　リズムと聞いて最初に思い浮かぶのは「4/4拍子」などの拍子でしょうか。それとも楽譜に書かれた音符配列からなる——タッカ（♩．♪）、シンコペーション（♪♩♪）などの——リズムでしょうか。専門的な会話でなくとも日常的に私たちがカラオケに行ったり、歌番組を見ていて、「あの人はリズム感が悪い」と言うことがありますが、この場合もやはり「拍子に対する感覚が悪い」という意味もあれば、「作曲家が書いた音符の流れをうまく再現していない」という意味で使うこともあります。

　通常、母国語の歌を歌う場合には主に音楽のリズムが問題になる訳ですが、これが外国語の歌となると、音楽にプラスして言葉の抑揚・流れがうまく表現できなければリズムが悪いと思わせる大きな要因となります。声楽曲を上手に演奏したり、より深い意味で鑑賞したり、理解しようとする場合には、いくつかの要素からなる音楽のリズムと、やはりいくつかの要素からなる言葉のリズムが有機的に融合したものがどのようなものであるのかを把握し、演奏家の場合にはそれを再現する能力を身に付けなければなりません。

a.　音楽のリズム、言葉のリズム

　音楽のリズムに関しては、ソルフェージュという音楽を読み解き・再現する上ですべからく必要とされる能力で対応することが出来ます。音楽大学などで専門的に音楽を勉強した人が音楽を語る上で優位に立てるのは、この能力があるためです。つまり、実際に再現された音を耳にしなくても、楽譜を頼りに頭の中で音を再現しつつ再構築することができるからです。「音楽を聴く」と一口に言いますが、聴き手によって聞こえてくる様々な音をどれだけ聞き取り、どのように聞き分けられるかという音楽能力には差がありますから、同じ音楽

を聞いたとしてもその吸収度合いにはおのずと差が生まれてくるのです。とはいえ、イタリアのオペラ・ファンや劇場で実際に音楽に接している人は、再現された音の世界を何十回、何百回と体験することで、自動的に音の世界をある程度引き出すことができるため、音楽を熟知していると言えるでしょう。

　一方の言葉のリズムは、少々複雑な構造になっています。外国語の言葉（ここではイタリア語）のリズムを習得するためには、ネイティブ・スピーカーと類似した環境で習得できる人を別にすると、音声学や文法の知識や訓練を通して言語を習得する必要があることは言うまでもありません。ここで習得できる言葉のリズムというのは、一般的な口語イタリア語（日常会話でのイタリア語）のリズムになります。コミュニケーションは日常生活であれ、劇中の人物であれ、人間が生きていく上での基本ですから、口語イタリア語のリズムがオペラや歌曲の中でもベースになることは言うまでもありません。とはいえ、これだけで歌う際に必要とされる言葉のリズムをすべて習得したことにはなりません。そうでなければ、（技術的なことを別にして、ことばを演じるというレベルにおいて）イタリア人全員がオペラ歌手や俳優になれるということになってしまいます。この章の冒頭でも書きましたが、声楽曲の歌詞は基本的に韻文で書かれていますから、韻文のリズムも併せて習得する必要があります。

　これまで皆さんは、第1章「詩歌の韻律」、第3章「イタリア詩の詩形」で韻文に関するルールを学んで来ました。韻文が韻文であるためのルールに従って書かれた作品を意味と音の世界から理解するためには、詩を詩たらしめんものとする側面を理解した上で、音読することが本当の意味で理解し、味わうために必要な過程となります。

　ちょっと大げさな言い方かもしれませんが、詩は声に出して再現されることで始めて完全な作品となります。そして、再現された作品に何らかのメッセージや表現が加えられ、聞き手の心を動かす時に芸術作品と成りうるのです。言葉の意味するものを伝えるのか、言葉の意味するところを表現するのか、もしくは言葉の持つ音やリズムを出すのか。これらの判断は、詩を朗読する者（時には鑑賞する者）に委ねられています。

　声楽曲の場合、基本的には詩に音楽が付けられることの方が一般的ですから、オペラや歌曲を演奏（再現）する際には、詩の朗読をおこなって詩の世界を把

握した上で、楽譜を読み・音を取り音楽の世界を作り上げていきます。ですから、詩の朗読をおこなうために必要な作業をおこなった上で、音楽と関連付けていきます（音楽家の場合、音楽能力が高いために楽譜を先に見てしまうと、音楽の世界から抜け出せなくなることが多いので）。

3.　楽譜を読む

　詩の朗読をおこない、詩の持つ意味の世界と音の世界が把握できたとしましょう。そこで、次の作業として楽譜を読んでいくことになるのですが、詩と音楽が常に同じ価値観によって構成されているわけではありません。時には矛盾を孕んでいる場合もあります。ここで、間違っても難しいとか大変だとは思わないでください。この「ズレ」こそが、イタリアの歌をより魅力的に輝かせている要因のひとつなのですから。

　イタリア人の演奏家を見たり、一緒に演奏する機会に恵まれたことのある人であれば想像しやすいかもしれませんが、イタリアの音楽家はあまり楽譜通り演奏していない、とか楽譜の細かい点にはあまりこだわっていない、と感じたり、耳にしたことはありませんか。もちろんいい加減に演奏している場合もあるでしょうが、「楽譜通り」という表現の解釈の違いに問題があるように思います。イタリアの音楽家はあまり楽譜通り演奏していないと口にする人の多くは、楽譜に記されている音符や記号を正確に実際の音に置き換え、毎回正確に音を出すことに重要性を持たせているのでしょう。これに対して、行き過ぎた原典主義者と一部の人たちから評されたリッカルド・ムーティや、マニュアル通り（お手本になるという意味）の歌唱によって70歳を超えた今でも活躍を続けるバリトン歌手レナート・ブルゾンなどの音楽家は、「イタリアの音楽において、楽譜はもちろん大切だが、あくまでも作品を再現するための設計図であり、近似値を示したものに過ぎない。特にオペラのような言葉を伴った作品においては」といった趣旨のことを口にしています。

　オペラを例にお話すると、作品の中でセリフがドラマを構成する上でどのような役割を担っているのか（レチタティーヴォやアリア、アンサンブルなど）によっても変わりますが、基本的には役者さんと同じように台本を読み込み、セリフの言わんとするところを理解した上で登場人物像を作り上げていきます。

その際に、散文劇ではなく韻文である側面も押さえながら、楽譜に書かれた音符とセリフを1つにする作業をおこないます。この作業を、時間をかけておこなうことによって、音楽と言葉のバランスが体感できてきます。これは単に、机上の理論だけで達成できるものではありませんから、経験や有能な指導者や同僚と共に作り上げていって欲しいと思います。

§2 声楽曲の歌詞

1. 声楽曲の歌詞の特徴

　日常のコミュニケーションにおいては、特別な場合を除いてそれが日本語であれイタリア語であれ、ひとつの単語やひとつの音節を極端に伸ばして発音することはありません。例えば、人の名前を呼ぶときに「彩さん」や「マリーアさん」に対して、「A…………ya」とか「Aya…………」、「Mari…………a」、「むーーーーすめよ」と呼ぶことはないでしょう。しかし、歌曲やオペラでは次のように発音しなければならない場合もあります。

譜例1：Caccini ″Amarilli, mia bella″

譜例2：Verdi "Simon Boccanegra"

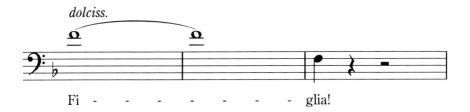

ある単語の１つの音節に対して、二分音符や全音符が書かれていれば、やはり演奏速度に従った拍数分その音節を伸ばして歌う必要があります。譜例２の「Maria」の場合、単語アクセントを強調するために伸ばしたと考えられます。譜例１の「Amarilli」の場合もやはり、単語の副次アクセントや韻律上のアクセントが置かれる強音節（ictus）を音価の大きな音符で際立たせたと考えることができます。このように、音楽においては、フレーズやある言葉を際立たせる場合には、詩のリズムとは明らかに異なることがあります。

　詩のリズムは、基本的にイタリア語という言語の持つ音節の等価性に従って、それぞれの音節（拍）は同じ長さで進んで行きます。詩の表現内容や形式に従って少しゆっくり進むところやスピードを増す部分もありますが、大きな枠組みで見れば同じリズムで拍を刻んで行くと言えます。ということは、詩のリズムと音楽のリズムは相容れないのかというと、そうではありません。音楽の拍感や単語・詩行・フレーズの流れを完全に失うような音の伸ばし方をしてはいけませんが、極端に強調した表現の中に位置するものとして、その音が発せられていれば、イタリア人やイタリア語を理解する人の耳には問題なく届いてきます。

　先ほど、オペラの場合だとそのセリフがドラマを構成する上でどのような役割を担っているのかによってもリズムのとらえ方は変わるとお話しました。これは、聴衆が「実際には歌われているセリフを語りとして聞いている」のか「歌声を人間の身体から発せられる楽音として聞いている」のか、はたまた「両者の中間を心地よくさまよいながら聞いている」のかによって変わってくるし、そのように機能の異なる部分が意識・無意識の内にあるからなのです。この話題についてさらに進むことは刺激的ではありますが、本著の役割を大きく超えるもなので、深く立ち入らないことにしましょう。

2.　音符の読み方

　「1．声楽曲の歌詞の特徴」のところでは、声楽曲の歌詞の特徴である音楽的な強調のために音節（拍）が伸ばされる例を見ました。このセクションでは、同じ音価の音符が必ずしも同音価としてすべて正確に一致するわけではない例を見てみましょう。

譜例3　Donizetti "L'elisir d'amore"

Io son ricco e tu sei bella,
io ducati e vezzi hai tu.

私は金持ちで君は美しい、
私にはドゥカーティ金貨が
君には愛嬌がある。

譜例4　Puccini "La bohème"

Signorina Mimì, che dono raro
Le ha fatto suo Rodolfo?

ミミさん、どんなすごい贈り物を
あなたのロドルフォが
してくれましたか？

3.　韻文に付けられた音楽

　繰返しになりますが、オペラや歌曲などのイタリア声楽曲は基本的に韻文で

書かれています。そして、アリアなどではオーデ・カンツォネッタ（ode-canzonetta：詳しくは後述、第2節§2）という詩形が多く使われます。オーデ・カンツォネッタは音楽のために生み出された詩形なので、詩行の種類や数の制約がも比較的自由なもの（7音節詩行や5音節詩行による詩行数4行（四行詩連：quartina）か6行（六行詩連：sestina）の2連の詩形を取ることが多いようです）となっています。以下の有名なアリアはすべて5音節詩行（quinario）で書かれています。5音節詩行で書かれているということは、基本的にそれに割り当てられる音符は5＋a個ですから、それぞれの旋律にそれぞれの歌詞を当てはめることが可能となります。

譜例5　Handel "Rinaldo"

Lascia ch'io pianga　　　　　　　この酷いわが運命に

mia cruda sorte　　　　　　　　　涙すること叶いますように

……

譜例6 Mozart "Le nozze di Figaro"

Voi che sapete　　　　　　　　みなさんご存知でしょう

che cosa è amor(e)　　　　　　恋がどんなものなのかを

……

譜例7 Verdi "Rigoletto"

La donna è mobile　　　　　　女性というものは移り気なもの

qual piuma al vento　　　　　　風に舞う羽根のように

……

　それぞれの歌詞を別の旋律にあてはめた場合（いわゆる替え歌になるわけですが）、理論上歌えるということと、歌として成立するかどうかは全く別の問題で、違和感があるかないかといった主観的な問題としてではなく、そこにはもう作者が意図した作品が存在しないことは明らかです。矛盾したことをお話するかもしれませんが、声楽作品を芸術的なレベルで扱うときに、韻律のルール（韻律法：metrica）を熟知することは必要条件となりますが、韻律のルールを厳守することが必ずしも絶対条件とはなりえません。韻律規則の理解を

ベースとしながら、詩句の内容や音楽の表現するものが総合的に捉えられ、それが声で表現され、伝わることが重要になります。

イタリアの詩からイタリアの歌へ

§1 詩句の音楽化

　ここからはイタリア語の詩句が実際の音楽ではどのように作曲されているのかを見ていきます。モーツァルト作曲、ダ・ポンテ台本《フィーガロの結婚》の有名なアリア〈もう飛ぶまいぞこの蝶々〉の前半部分のセリフは、弱弱強のリズム（anapesto）（pp. *019~020*）による10音節詩行（decasillabo）で書かれています。

Non più andrai farfallone amoroso 1　　2　　❸　45❻7　8❾10	a　お前はもう飛ばないだろう、 　　蝶々のような浮気者よ、
notte e giorno d'intorno girando; 1　2　❸　45❻7　8❾10	b　夜も昼も 　　そこらへんを飛び回り
delle belle turbando il riposo, 1　2❸4　5　❻7　　8❾10	a　美しい女たちの 　　憶いをかき乱す、
Narcisetto Adoncino d'amor. 1　2❸4　5❻7　8　❾×	x　かわいいナルキッソス、 　　アドニスのようなお前は。

譜例 8　Mozart "Le nozze di Figaro"

　　ここでモーツァルトは 10 音節詩行において規則的に現れる「弱弱強」のリ
ズムを意識的に活用しつつ、4/4 拍子の小節アクセントと一致させています。
偶数音節詩行（parisillabo）では強音節［以下イクトゥスを指すこととし、

詩行を特徴付ける韻律アクセントを意味する] が規則的に現れるわけですが、それを必ずしも規則的な音楽として作曲するわけではありません。次の例は、ヴェルディ作曲、ソレーラ台本《ナブコドノゾル（ナブッコ）》のザッカリーアのレチタティーヴォです。

Oh, chi piange? Di femmine imbelli 1　　2　❸　　4　5　❻　7　8　　❾10	a	おお、泣いているのは誰だ。 臆病で意気地のない者の
chi solleva lamenti all'Eterno?... 1　　2 ❸4 5 ❻ 7　　8 ❾10	b	嘆き声を永久なる神に 上げるのは誰だ。
Oh, sorgete, angosciati fratelli, 1　　2 ❸4　　5　❻7 8❾10	a	さあ、立ち上げるのだ、 悩める兄弟だちよ、
sul mio labbro favella il Signor. 1　2　❸　4　5❻7　8 ❾ ×	x	主が、この口を介して 語られるのだ！

譜例9 Verdi "Nabucodonosor"

136

　韻律リズムを特に意識していなければ、ここでの詩句が10音節詩行であること
に気づく聞き手は少ないと思います。とはいえ、強音節をヴェルディが自らの音
楽書法によって見事に音楽化していることがおわかりいただけると思います。
　イタリア語の韻文における詩行（verso）においては、基本的に1つの詩行
が韻文詩を表現するうえでの1つの単位となるのですが、韻文詩の単位となる

詩行がわかりにくいという例でいくと、ヴェルディ作曲、ピアーヴェ台本《リゴレット》の冒頭シーンでのマントヴァ公爵のセリフが挙げられます。

Questa o quella per me pari sono

❶　2　❸　4　5　❻　7　8　❾10

a quant'altre d'intorno mi vedo;

1　2　　❸　　4　5　❻　7　8　❾10

del mio core l'impero non cedo

1　2　❸4　5　　❻7　8　　❾10

meglio ad una che ad altra beltà.

❶　2　❸　4　　5　❻7　8　❾　×

……

a　あの女もこの女も私にとっては
　　等しい存在なのだ、

b　私がここで見渡して目にする
　　他の女たちと。

b　私は心の玉座を
　　あちらの美女よりも

x　こちらの美女により多く
　　譲ったりはしない。

譜例10

　詩行の二行目の途中までを音楽上のひとつのフレーズとしています。セリフの意味を感じずにイタリア語の音声のみが聞こえてくる場合にはき取"Questa o quella per me pari sono a quant'al / tre d'intorno mi vedo;"と聞こえるのではないでしょうか。

　さらに、ロッシーニ作曲、ステルビーニ台本《セビーリャの理髪師》のバルトロのアリア〈陰口はそよ風〉は8音節詩行（ottonario）で書かれています。

譜例11 Rossini "Il barbiere di Siviglia"

La ca - lunnia è un ven - ti - cel - lo,

u - n'au - retta as - sai gen - ti - le,

che in - sensibile, sot - ti - le, leg - germente, dol - ce - men - te

in - co - min - cia   in - co - min - cia a sus - sur - rar.

La calunnia è un venticello,
1　2❸　4　　56❼8
（1　2❸4／1　　23❹5）
un'auretta assai gentile
1　2❸　4　❺　6❼8
che insensibile, sottile,
　1　2❸45　6❼8
leggermente, dolcemente,
1　2　❸4　56　❼　8
incomincia a sussurrar.
1　2❸　4　56　❼　×

a　中傷とはそよ風、

←音楽的には

b　とてもデリケートなそよ風、

b　感じるか感じないぐらい

c　軽やかに、穏やかに

x　ささやき始める。

　音楽作品では明らかに、4音節詩行＋5音節詩行（quaternario+quinario）として扱われています。これはロッシーニが韻律を理解していなかったのでしょうか？答えは否です。セリフを口ずさんだときには8音節詩行の規則的なリズムを感じています。心のなかで規則的なリズムを予想しているところに、歌では突然フレーズがカットされます。音楽的な区切れが起こっています。何かボタンの掛け違いのような違和感を冒頭の二行で与えたところで、本来の8音節詩行のリズムが戻ってきます。五行目の"incomincia"の「始める」の意味と順次進行で1オクターブを上下する音楽とが見事に融合し、「ではいよいよ本題に入りましょう」と言うがごとく聞き手の心の準備を整えているかのようです。

このように、詩句が歌われる場合には、音の「長さ」や「高低」、「速さ」などさまざまな音楽要素が加わります。そこで、詩句のリズムやアクセントと音楽が確実に一致していることもあれば、実際には完全に一致していないけれども融合しているように感じられることもあれば、まったくズレてはいるけれど音楽的な効果をもたらしていることもあります。これこそが、それぞれの作曲家たちが自らの技を駆使し、表現したかったことでしょうから、演奏家にとってはこの点をしっかりと読み取り、どのように表現していくかが重要なポイントとなるわけです。

　韻律規則を理解すればかならず作曲家の意図を読み取れるというわけではありませんが、作曲家が詩や台本を前にしてどのような音楽を書こうとしたのか、制作過程（音楽作品になる前と後のかたち）がどのようなものだったのかを知る手がかりになり得るものなのです。

§2　オペラ台本のしくみ

　イタリアの声楽曲作品は、詩作品に音楽をつけることからスタートしました。時代とともに音楽のための詩のかたちが確立されてきます。詩のかたちは音楽の曲種によってそれぞれの用途に従って独自の特徴を持っています。曲種には、「オペラ」、「カンタータ」、「オラトリオ」、「モテット」、「マドリガーレ」などがあります。

　ここ第2節で扱うオペラ台本は、音楽劇のために書かれたテキストです。これは、劇場で実際に公演するために書かれた作品ですから、詩作品として独立して存在しているのではなく、舞台のための作品なのです。ですから、ヴェルディのためにピアーヴェが書いた『エルナーニ』の詩句はマンゾーニの『アデルキ』よりも作品として劣るという議論は、文学的作品としてだけ判断すれば、という条件付のものとするのが妥当な評価となるのでしょう。

　とはいえ、音楽劇のためのテキストは、マドリガーレの伝統を踏まえて生まれたものですから、オペラ台本を専門的に本当の意味で理解するためにはマドリガーレをすべからく学ぶ必要があります。

1. オペラ台本史上重要な２つのポイント

オペラ台本はマドリガーレの伝統から生み出されたものとお話しました。1600年ごろにオペラというジャンルが産声を上げてから、マスカーニの亡くなる1940年代ごろまでのイタリア・オペラの台本史上、２つの重要なポイントを思い出しておきましょう。

ペルゴレージ《奥様女中》(1733) 成功の後、18世紀半ばごろからオペラ・ブッファというジャンルは、ガルッピやピッチンニらの手によって古典派の代表的な曲種となりました。オペラ・ブッファはそれまでのオペラ・セーリアの「レチタティーヴォ‐アリア」というかたちに加えて「アンサンブル」や「フィナーレ」という形式を作品のなかで発展させていきました。そこでは、音楽形式としての発達だけでなく、作劇法や詩形上の発達もおこることで、音楽の流れを中断させることなく劇を進行させることに成功したのです。これが１つ目の重要なポイント。

２つ目は（繰返しになりますが）、イタリアの伝統的なオペラ台本史上、そのテキストは常に韻文で書かれてきたということです。

2. オペラ台本の用法と目標

オペラ台本の用法として最初に思い浮かぶのが、オペラを見る前に物語を知るため、研究者が音楽劇研究のためでしょう。つまり、「読むため」に使われます。また、私たちが目にする機会はあまりないながらも、オペラ台本が初演時に印刷されて一般に出回るよりも前に作曲家がオペラを書く際にも役立てられます。そして、オペラ作品を再演する際に上演に関わる人すべてが役立てるためにも、オペラ台本は大切な存在です。

台本作家は、上演に関する社会的・経済的・政治的制約や慣習的な詩形構造を前提として、アイデアを具体化していきます。つまり、詩人・作家はオペラ台本を自分の思うまま自由に書けるわけではありません。時代によって採りあげられるテーマは異なるでしょうし、１つの単語が時代によって異なる意味合いを持つこともあります。また、作品の題材や構想が決まる前から劇場が抱えている歌手の技術やランクによって要求が出されることもありました。そして、詩連構造を持つ部分（閉詩連：pezzo chiuso）では、音楽的な要求にも応え

なければなりません。例えば、通常であればアリアの後に拍手が起こることから、劇の進行上、シーンの最後にアリアが置かれます。

閉詩節では詩連構造を持つことで音楽的に自由な部分となり、無韻詩[10](versi sciolti)によるレチタティーヴォでは韻律上自由な特質を活かして劇を豊かにする部分となっています。

3．レチタティーヴォ

イタリア・オペラの台本においては、アリアやアンサンブルの部分だけでなく、レチタティーヴォの部分もやはり韻文で書かれています。とはいっても、アリアなどのようにある特定の詩形を持つことはありません。7音節詩行と11音節詩行を自由に組み合わせることのできる複数行の詩行（versi sciolti）で構成されます。脚韻についても特定のものが使われることはありませんが、伝統的にレチタティーヴォの終わりの部分では、その締めくくりとして吻合韻（rima baciata）が使われることが一般的です。

譜例 12　Verdi "Simon Boccanegra"

A te l'estremo addio, palagio altero,   A

freddo sepolcro dell'angiolo mio!...   B

Né a proteggerti io valsi!...   C

Oh maledetto!... Oh vile seduttore!   D

E tu, vergin, soffristi   e

---

¹⁰ イタリア韻律法（La metrica italiana）において versi sciolti は endecasillabi sciolti〔字義的には「解けた11音節詩行」の意〕とも呼ばれます。つまり、脚韻に関して特に制約を受けない詩行の集まりと理解でき、一般的に「無韻詩」と訳されます。一方、イタリア声楽作品のテキストにおいては、形容詞 sciolti がより広い意味で用いられ、11音節詩行のなかに7音節詩行（settenario）——稀に5音節詩行——が使われたり、最後の2行（distico）に接吻韻（rima baciata）が踏まれることが台本作家のあいだではある意味において常識と見なされていました。ちなみに、ここでの7音節詩行や5音節詩行は、endecasillabo spezzato〔字義的には「切断された11音節詩行」の意〕と呼ばれることがあり、11音節詩行（endecasillabo）での句切れ（cesura）以降の後半行（secondo emistichio）が省略されたものと見なすことができます。

rapita a lei la verginal corona?...   F

Ah! che dissi!... deliro!... ah mi perdona!   F

誇り高き館よ、最後の別れを告げよう、

私の天使の冷たい墓場となったこの館に。

私にはおまえを守ることができなかった。

ああ、忌々しい！おお、卑劣な誘惑者め。

聖母マリーア、あなたも聖母のしるしが

娘から奪われたのを嘆いているのですね。

何という事を口にしたのだ。正気ではない。ああ、お許しください。

４．　アリア、重唱など

　ここでは、アリアの典型的な詩形式であるオーデ・カンツォネッタについて少し詳しく見ていくことにしましょう。

　カンツォネッタ（canzonetta）はカンツォーネ（canzone：第一部・第２章・§2参照）の縮小形で、形式的にはカンツォーネがより簡略化されたものです。内容はそれほど高尚ではなく、詩行も11音節よりも短いものが好んで使われます。カンツォーネから変化を経ることで、歌のために作られた詩形になりました。この詩形におけるもっとも重要な詩人は、オペラの誕生にも大きく関わったオッターヴィオ・リヌッチーニ（1562 - 1633）とガブリエッロ・キアブレーラ（1552 - 1638）の２人です。

　　詩形の特徴： １）詩形がはっきりと規定されていない

　　　　　　　　２）題材は比較的軽いものが用いられる

　　　　　　　　３）比較的短い音節詩行が用いられる

　　　　　　　　４）歌いやすい詩であること

　　　　　　　　　　（音楽・旋律的な要素を持っている）

　　　　　　　　５）それぞれの詩連は同じ脚韻形を取る

　13・14世紀の詩では、ほとんど末尾第２音節強勢詩行（verso piano）が用

いられていましたが、15世紀の音楽のための詩において末尾第1音節強勢行（verso tronco）や末尾第3音節強勢詩行（verso sdrucciolo）が使用されるようになり、キアブレーラより後にそれらは一般的に使われるようになりました。これはリズムに音楽的な変化を加えたり、リズムによる脚韻で詩形を整えるというオペラ台本制作の性質に非常に都合よく働きました。オーデ・カンツォネッタの中でも、オペラのアリアに用いられる形は、末尾第2音節強勢詩行と末尾第3音節強勢詩行を使いながら、各詩連の最終行に末尾第1音節強勢詩行を用いることでリズム韻（rima ritmica）を踏ませるというものです。

Tu che d'ardir m'accendi	a	優美な眼差し通して大胆にも私に恋の炎を
per un leggiadro ciglio,	b	ともす愛の神であるおまえは、
in così gran periglio	b	このように危険を省みない企てにおいて
tu mi difendi Amor.	x	おまえは私を守っている。
Guidami all'idol mio,	c	愛しい人のもとへ連れて行ってくれ。
per così caro dono	d	手放し難い贈り物を齎してくれればこそ、
io tutto ti perdono	d	おまえが不当に厳しくあろうとも
l'ingiusto tuo rigor.	x	私はすべてを許すのだ。

ポルポラ－メタスタージオ《シファーチェ》のエルミーニオのアリア

5.　フィナーレ

　滑稽な内容によるオペラのフィナーレ（場合によっては重唱やアリアにおいても）では、作品の筋が比較的早いスピードで展開していきます。より正確には話の流れが停滞したり、そこに何らかの要因が加わることで突然展開したりします。このような言わば観客を飽きさせない仕組みを「ストップ＆ゴー」機能として解説している研究者もいます。早口で複数の登場人物がそれぞれの思いを表出する場面ですから、これを統括する指揮者も含めこの場面に関わる全員の集中力が求められます。

　モーツァルトとダ・ポンテによる《コシ・ファン・トゥッテ》の第一幕フィ

ナーレ（N. 18）を例にとってみましょう。

譜例13

SCENA XIV

ottonari

Fiordiligi e Dorabella

Ah, che tutta in un momento
Si cangiò la sorte mia...
Ah, che un mar pien di tormento

È la vita omai per me!
ああ、わたしの運命は一瞬にして
完全に変わってしまったわ。
ああ、わたしにとっての人生は
苦しみがいっぱいつまった海なの。

……

譜例14

SCENA XV

| settenari |

Ferrando e Guglielmo   Si mora, sì, si mora

Onde appagar le ingrate!

死んだ方がいいんだ、そうだ

あの酷いご婦人方のお気に召すように！

Don Alfonso   C'è una speranza ancora:

Non fate, o Dei, non fate!

まだ望みが絶たれたわけではない、

やめるんだ、おお、やめるんだ！

……

Ferrando e Guglielmo   Più bella commediola

non si potea trovar.

これより面白いおちゃらけ劇を

これまで見たことないぞ。

譜例15

ottonari

Ferrando e Guglielmo	Ah!
Dorabella e Fiordiligi	Sospiran gli infelici.
Fiordiligi	Che facciamo?
Dorabella	Tu che dici?
Fiordiligi	In momenti sì dolenti
	chi potria li abbandonar?

ああ！

　　可哀相なお二人が息をしたわ。

どうしましょう？

　　　　あなたはどう思う？

こんなにも痛ましい状況で

この方たちを見捨てることができて？

……

譜例16

SCENA XVI

quinari

Don Alfonso   Eccovi il medico,

signore belle.

さてさてお医者様ですよ、

娘さんたち。

Ferrando e Guglielmo   (Despina in maschera:

che trista pelle!)

（変装したデスピーナ、

なんて奇妙な格好だ！）

......

譜例17

ottonari

Ferrando e Guglielmo

Dove son! Che loco è questo!

Chi è colui color chi sono!

Son di Giove innanzi al trono?

Sei tu Palla, o Citerea?

わたしはどこに？ここはどんな場所だ？

あの人はだれだ？あの人たちはだれだ？

ゼウスの御前にいるのか？

あなたはパラス、それともキュテレイア？

……

譜例18

Ferrando e Guglielmo

Dammi un bacio, o mio tesoro,

un sol bacio, o qui mi moro.

口づけを与えてください、愛しいひとよ、

一度だけ、さもなくばここで死にます。

……

Dorabella e Fiordiligi

Ah che troppo si richiede

da una fida onesta amante;

oltraggiata è la mia fede,

oltraggiato è questo cor.

Disperati, attossicati,

ite al diavol quanti siete:

tardi inver vi pentirete

se più cresce il mio furor.

操かたく愛に忠実な恋人に

それは求めすぎというものです。

わたしの変わらぬ思いは辱められ、

わたしの心は辱められます。

絶望し、毒に侵され

あなた方は残らず消え失せなさい。

この激情がもっと激しくなってしまったら

後悔しても手遅れですよ。

Despina e Don Alfonso
　　Un quadretto più giocondo
　　non si vide in tutto il mondo.
　　Quel che più mi fa da ridere
　　è quell'ira e quel furor,
　　ch'io ben so che tanto foco
　　cangerassi in quel d'amor.
　　これより楽しい眺望を
　　この世に見ることはない。
　　私を何よりも笑わせるのは
　　あの怒りと苛立ち。
　　これほどの炎はやがて恋の炎へと変わる
　　ことを私はよく知っている。

Ferrando e Guglielmo
　　Un quadretto più giocondo
　　non s'è visto in questo mondo,
　　ma non so se finta o vera
　　sia quell'ira e quel furor,
　　né vorrei che tanto foco
　　terminasse in quel d'amor.
　　これより楽しい眺望を
　　この世に見ることはない。
　　とはいえ、あの怒りと苛立ちが
　　みせかけか本物かはまだわからない。
　　これほどの炎がやがて恋の炎に変わる
　　なんてことにならないで欲しい。

　ダ・ポンテやゴルドーニなどの台本作家は、登場人物の性質を明確にするため、方言（ヴェネーツィア、ナーポリ）や外国語（ラテン）で登場人物に会話をさせています。また、ダ・ポンテはこの作品においてズドゥルッチョロ詩行を不思議で超自然的な状況を表わすために使っていて、真面目な口調で

"arabo" "comandano" "frigida" などの語句を効果的に口にさせています。

　音楽的に早いパッセージが来る場所では、ほぼ5音節詩行か8音節詩行が使われます。

5音節詩行の場合：　　　❶2 3❹5
　　　　　　　　　　　　1❷3❹5
8音節詩行の場合：　　　❶2❸4❺6❼8

　作曲家はフィナーレを劇の進行をストップさせたり前進させたりすることで、劇の流れを停滞させることなく連続絵巻のような効果とともに締めくくります。楽譜や台本の手助けなしに作品を鑑賞しただけで、緻密に構築されたこれらの変化を韻律的・音楽的な色彩から聞き分けるのは難しいでしょう。しかしながら、最も大きく劇が停止する部分（Don Afonso: "Ah, questo medico / vale un Perù! の後）によって、このフィナーレが2つの部分からなっていることを私たちは認識できます。また、最後の8音節詩行 "Dove son! Che loco è questo!" からの全員で歌う部分は、コンチェルタートとなっています。これは19世紀にはスタンダード化するストレッタ・フィナーレが18世紀後半のウィーンですでに存在していることを私たちに教えてくれます。

§3　歌詞と音符の関係

1．　オペラのセリフ

　オペラのセリフは、登場人物が思っていることや口にすること、他人に話しかける内容をことばとして歌うことで誇張したレチタティーヴォ（主に筋を説明したり展開する機能がある）とアリアや重唱、アンサンブルなど（より歌うことを目的とした旋律的な部分）で構成されています。

　レチタティーヴォは、近世以降の西洋音楽において、オペラが誕生するきっかけともなった「語っているかのように聞こえる歌」から生まれ、オペラなど舞台音楽固有のものと思われがちですが、古くはユダヤ教やキリスト教の典礼

音楽においても重要な役割を果たしていました。

　音符の音価や拍子、小節線が使われるよりも前から語っているかのように歌うことがイタリアではおこなわれていました。ですから、当時は小節線と拍子によって規定される拍子アクセント（4/4拍子であれば強・弱・中強・弱／3/4拍子であれば強・弱・弱）は当然のことながら存在しておらず、ことばの意味内容、統語構造や韻律によって作り出されるリズムや抑揚に従って旋律が捉えられていたはずです。

　この捉え方は、近代以降のイタリア・オペラの表現手段としてもある程度利用されたと言えます。特に、レチタティーヴォ・セッコやオーケストラ伴奏が付けられていない音楽的に自由の利く場所では、セリフの意図するところを聴衆により確実に伝えるという目的のために、リズムや拍子よりも言葉の持つリズムや色、表情といったものが重要視されます。

　イタリア・オペラの世界では、ひとくちにレチタティーヴォといっても、レチタティーヴォ・セッコのように主に状況を聴衆に説明したり、劇進行にスピードを持たせたりするものから、ヴェルディのシェーナ（情景：scena）のように、俳優のような言葉のニュアンスを朗誦せずともヴェルディが求めた声で彼の音楽を歌うことが第一に必められ、それだけですでにある程度の成功を得られるものまで多彩です。同じシエーナでもドニゼッティのレチタティーヴォの場合、シェーナと位置づけられていても、言葉のニュアンスを表現できなければ、無味乾燥なものになってしまいます。ですから、ドニゼッティのレチタティーヴォでは、俳優が朗誦しているかのように歌声で語られなければなりません。少し大げさな言い方になるかもしれませんが、レチタティーヴォの出来いかんによってドニゼッティ・オペラは素晴らしい上演においては傑作となりますが、そうでなければ退屈極まりない作品となってしまうのです。

2．ドニゼッティ＝カンマラーノ《ランメルモルのルチーア》
　　レチタティーヴォ分析例

譜例19

　音楽番号2番、エンリーコのscena e cavatina "Cruda, funesta smania"
のレチタティーヴォです。レイヴェンスウッド城の護衛隊長ノルマンノが「あ
なたの心は乱れています！」と口にします。このscena IIは4/4拍子の
maestosoで演奏がスタートしますが、この演奏速度に従って、3拍目の裏（拍）
から八分音符5つに合わせて "Tu sei turbato!" と歌わない（リズムを厳守す
るよりもセリフを立てる）ことは、オペラに通暁したみなさんには明らかなは
ずです。

　ノルマンノのセリフが始まる位置（もしくは直前の伴奏の終わる位置）に
"recitativo" と書かれていること、このセリフが歌われる間、オーケストラの
伴奏が全く介在しないことなどからも、このセリフが（音楽の流れるテンポか
ら）自由に発せられるべきものであることが理解できます。また、韻文のリズ
ムというよりは、一般的な会話の流れとほぼ同じ動きをしています。「心が乱
れている（turbato）」に向かって、特に音符としては長く伸ばしませんが、
ことばのアクセントと4/4拍子の拍子アクセントが一致することで、この単語
（音節）と音符が強調されます。そのことで、楽譜の上では同価の音符ですが、
厳密に測定してみると、他の八分音符よりは少し長めに演奏される八分音符と
なります。

　禅問答のようになってしまいますが、ことばと音楽の要求から結果として<u>長</u>

くなっているという現象とその現象を観察して再現するためにその音符を長く
演奏するのでは全く意味合いが変わってしまうのが、歌唱芸術の特徴ではない
でしょうか。

a.　アッポッジャトゥーラ

　また、当該の八分音符（-ba-）には、アッポッジャトゥーラ（appoggiatura）
と呼ばれる前打音で歌われます（譜例19参照）。また、続くエンリーコのセリ
フ「おまえもそれを知っているだろう "Il sai"」にも、伝統的な歌唱法ではアッ
ポッジャトゥーラが付けられます。

譜例20

　アッポッジャトゥーラは広い意味で言えば、旋律を装飾する方法のひとつです
から、演奏者の好みやセンスにも関わる問題です。ですから、どこで・どのよう
に絶対にしなければならないという規則というよりは、各人の選択に委ねられま
す（エンリーコの続きのセリフ「私の運命の "de' miei destini"」のように、楽
譜にすでに書き込まれているアッポッジャトゥーラもあります）が、レチタティー
ヴォにおいては、基本的に劇の行方を聴衆が理解する上で重要となる単語のアク
セントがある音符に付けるのがオーソドックスな付け方となります。

　さきほど、オーケストラの伴奏が全く介在しないところでのセリフは音楽の
流れるテンポから自由だと言いましたが、「星は色あせてしまった "impallidì
la stella..."」のセリフの "stella" で「a tempo（もとのテンポで）」という

演奏記号が記されていますから、ここからは scena II 冒頭の演奏速度 maestoso に戻らなければなりません。

　結果として当該箇所で maestoso による音楽が進んでいけば問題ないわけですが、実際の劇場で指揮者や数十名のオーケストラ、歌手（場合によっては舞台や照明に関わる人）が音楽による劇を滞りなく進行させるためには、その1小節前 "impallidì la" のセリフがすでに maestoso で歌われ始めている必要があります。これはどこかに書かれているという類のものではなく、長きに渡って劇場で伝えられてきた先人の経験から守られるべきルールということになります。

b. 音楽語法としてのアクセント

　ヴェルディのために《ルイーザ・ミッレル》（1849-50）や《イル・トロヴァトーレ》（1857）などの台本を提供したカンマラーノですから、当時のオペラ界でそれなりの評価を得ていたことに間違いないでしょう。とはいうものの、オペラ台本の場合、文学作品とは違って読むための名作＝優れたオペラ台本とはなりません。いみじくもヴェルディ自身、書簡のなかで「Purtroppo per il teatro è necessario qualche volta che poeti e compositori abbiano il talento di non fare né poesia né musica（あいにく劇作品においては、詩や音楽を［巧みに］書かない力量を持ちあわせた詩人や作曲家が時として必要とされるのです）」と言っています。

　ロッシーニがオペラ台本に求めていたシチュエーション（situazione）やヴェルディの言うところの見せ場（colpo di scena）や決め台詞（parola scenica）が劇の進行に合わせて上手に配置されていることが、名作オペラを書く上での優れたオペラ台本の条件であるならば、カンマラーノの《ランメルモルのルチーア》や《イル・トロヴァトーレ》は紛れもなく優れた台本と言えるでしょう。

　とはいうものの、劇的効果は抜群のカンマラーノの台本ではありますが、演奏者・鑑賞者のいずれにおいても、文における語順がかなり無理のあるものとなっています。例えば、「あの泉（ああ！だめ、）身震いせずには見られないの "Quella fonte (ah! mai,) senza tremar non veggo"」では、直接補語（quella fonte）が動詞（veggo）よりも前に置かれる場合、補語人称代名詞（la）を反復させ主語ではないことを示すといった文法規則がオペラのセリフでは守られないことはよくあることですが、前置詞（di）を伴い名詞を修飾しているにも関わらず「わが運命の星 la stella de'miei destini」修飾すべき名詞や動詞よりも前に置かれる（de'miei destini impallidì la stella...）ということも頻繁に起こります。

［…］
E n'ho donde. Il sai:
de'miei destini impallidì la stella...[11]
Intanto Edgardo... quel mortal menico
di mia prosapia, dalle sue rovine
erge la fronte baldanzosa e ride!
Sola una mano raffermar mi puote
Nel vacillante mio poter... Lucia
osa respinger quella mano! Ah!... suora
non m'è colei!
［…］

［…］
それにはわけがある。お前も知っているだろう。
わが運命の星は色あせた・・・
その間にエドガルドは・・・　わが一族を死に至らしめん
仇敵は、かつて敗北したにもかかわらず
厚かましくもその額をあげ、笑っておる！
ただひとつの手だけが出来るのだ
揺らいでいるわが権力を確かなものに・・・　ルチーアは

---

[11] 初演時に印刷された台本では del mio destin si ottenebrò la stella…（わが運命の星は暗くなった）となっている。
　また、ドニゼッティは destini^impallidi の語間合音（sinalefe）を語間分音（dialefe）とすることで de'miei destini / impallidi la stella と5音節詩行＋7音節詩行として扱っている。

その手をあえて拒んでおる！ああ！…
あの女はわが妹などではない！
［…］

　このように、日常的なイタリア語における語順のルールからかけ離れることで、オペラの物語に引き込むことを狙ったカンマラーノのセリフに、ドニゼッティは音楽的に面白い趣向を凝らしています。

譜例21

quel morta - le ne - mi - co di　　　mia pro - sa - pia,

　確かに詩行の頭であることを示したり、副次強音節（ictus secondario）を置くことも可能ですが、ここまで「di…… mia prosapia」と強調する必要はないでしょう。これは、ドニゼッティが音楽的なアクセントを加えることで、エンリーコの仇敵への怒りをことばではなく音によって表現したと理解することができます。

　レチタティーヴォにおいては、ことばに対してかなりの比重で優位性が与えられますが、イタリアの歌においては、声のラインが放射線状に伸びたり、旋律が大きく羽ばたき拡がっていくところでは、その限りではありません。この優位性の変換は意識的におこなわれることもありますが、劇場における劇的効果を得るために積んできた経験から無意識におこなわれることもあります。とはいえ、ことばと音楽をしっかり読み込んだ上で、各人の演奏技術を駆使して、何度も何度も演じることで体感できてくるものですから、まずは楽譜と台本（詩）を正確に深く読み込むことが基本になります。

c．韻文によるセリフ
　劇のセリフが韻文というと少し違和感を覚えるかもしれませんが、イタリア・オペラではそれが自然に受け容れられてきました。例えば、先ほどのエンリー

コが怒っているシーンの続きに、ルチーアがアルトゥーロ・バックロー卿と結婚しようとしないのはある男に恋をしているからですよ、とノルマンノが語る場面があります。そこのセリフは次のように書かれています。

ENRICO	Lucia forse…
NORMANNO	L'amò.
ENRICO	Dunque il rivide?
NORMANNO	Ogn'alba.
ENRICO	E dove?
NORMANNO	In quel vïale.
ENROCO	Io fremo.

　ルチーアがどこでその男と逢引しているのかを知ろうとするエンリーコとノルマンノのやりとりです。すべてのセリフが左端から書かれていないのは、二人のセリフが11音節詩行の韻律で書かれ、その韻律を念頭に台本作家がセリフを書いたことを意味します。そして、ノルマンノのセリフ「あの並木道で"In quel vïale."」に"ï"を付けることで語内分音（dieresi）となり詩行のリズムがvia-le / Io fre-moではなく、vi-a-le ̮Io fre-moであることも理解できます（pp. 017~018）。

　これらのセリフを以下のように編集することは、頁数の節約にはなるでしょうが、楽譜で言えば拍子記号や小節線を勝手に省略するような、かなり乱暴な行為であることが分かるはずです。

ENRICO	Lucia forse…
NORMANNO	L'amò.
ENRICO	Dunque il rivide?
NORMANNO	Ogn'alba.
ENRICO	E dove?
NORMANNO	In quel viale.
ENROCO	Io fremo.

これら韻律の規則からセリフのリズムを読み取った上で、セリフの意味や意味するところを考慮しながら朗読します。しかしながら、オペラにおいては、韻文の詩を朗読するのが最終目的ではありませんから、ここから作曲家がどのような音楽でそれを表現しているかを読み取らなくてはなりません。

　例えば、最初の11音節詩行は、主要強音節（ictus primario）が6音節目と10音節目に置かれた後句切れ11音節詩行（endecasillabo a majore）"Lucia forse… L'a**mò**. Dunque il ri**vi**de?"（詳しくは第一部・第2章§3の4．参照）で、L'amòとDunqueの間に句切れがあります。また次の11音節詩行は、4音節目と10音節目に主要強音節が置かれた11音節前句切れ詩行（endecasillabo a minore）"Ogn'alba. E **do**ve? In quel vïale. Io **fre**mo."で、4音節目のdo-の後に句切れ（cesura italiana）があります。

　該当箇所の楽譜を見てみると、必ずしも全ての場所において韻律と音楽が一致しているわけではありません。語間合音（sinalefe）のあるところに休符が置かれていることも少なくありません。その場合には、ことばの持っている拍感としての語間合音とより自然な会話の流れやニュアンスとしての間を表現した休符といった、一見すると相反する要素を矛盾なく融合させるための表現が要求されます。

譜例22

　これらのことが見事に体現されたなら、知識を持ち訓練を積んだ聞き手が意
識しなければ聞き分けることは難しいであろう複雑な構造を、聴衆に感じさせ
ないながらも、作品や演者の素晴らしさを本能的に感じ取らせることのできる
ものとなるでしょう。

第二部を終えるに当たって

　韻律規則は、詩人が詩を作るためのいわばマニュアルのようなものです。作品を鑑賞する際に、どのような読み方をしなくてはならない、といった類のものではありません。しかしながら、詩人が詩における音の世界をどのように表現しようとしたのか、どのように見ていたのかを知る手がかりになるものです。ですから、韻律規則やその効果を詩人が用いて来たかを知ることにより、音の世界の一端だけでも感じ取ることができたなら、みなさんも本当の意味で詩の世界に足を踏み入れたということになるのではないでしょうか。

　詩における音やリズムに関するルールをまとめたものが「韻律法」ですから、ちょっと不安を感じたときには、第一部を必要に応じて再読するようにしてください。いまさらとお叱りを受けるかもしれませんが、音楽における音やリズム、演奏法に関するルールや練習方法をまとめたものが、「楽典」や「ソルフェージュ」です。これらの知識や訓練が必要ないと音楽の専門家で口にするひとがいないように、イタリアの詩を歌詞とする声楽曲を扱う場合に、テキストの音とリズムのルールである韻律規則の習得を必要なしとする人がいないのは当然のことなのです。

　音楽の現場（特に声楽？）では、理論をやったところで「歌は上手にならない！」といった類の意見が根強いようですが、それは正にその通りです。しかし、歌が上手になるかどうかは、歌い手の仕事。日々の発声コントロールやオペラのレパートリーを豊かにするマエストロと個別に、個人の責任においておこなうこと。音楽理論や演習をしなくてもよいことにはつながりません。もちろん、100年に一度現れるか現れないかレベルの逸材で、イタリア音楽界がイタリア・オペラ存続のために完全にケアするので、ただただレッスンにさえ通ってくれればいいといった条件にあたるなら、この限りでないかもしれません。数年前に東京で開かれた国際的なオペラ・シンポジウムの報告書を先日読んでいたところ、セリフから音楽のリズムを解釈するというセクションで、「二重５音節詩行（doppi quinari）」のことを「10音節詩行」（違いについては第一部・第２章§3の４．a.参照）と説明しているようですし、わが国の音楽分野でイタリア韻律についての知識が十分に行き渡っているとは言い難い状況でしょう。

ましてや韻律規則が音楽とどのように関わっているのかについて学術的に記されたものは現在までのところ、個人的にはほとんど目にしたことがありませんから、本書が世に出されることが有意義なものとなることを信じ、実際にそうなることを願ってやみません。

付録：イタリア・バロック声楽作品の詩15選[12]

---

[12] イタリアの詩行を説明する便宜上、オリジナルがフランス語の詩も含まれています。

歌曲1. STAR VICINO

詩：Salvator Rosa

曲：Salvator Rosa

₁Star vicino al bell'idol che s'ama,

₂è il più vago diletto d'amor!

₃Star lontan da colei che si brama,

₄è d'amor il più mesto dolor!

₁愛する美しいあこがれの人のそばにいることは

₂いちばん心地よい愛の喜びだ。

₃恋い焦がれる女性から遠ざかっていることは

₄いちばんつらい愛の苦しみだ。

歌曲2. VITTORIA, MIO CORE!

詩：Domenico Benigni

曲：Giacomo Carissimi

₁Vittoria, mio core!

₂Non lagrimar più,

₃è sciolta d'Amore

₄la vil servitù.

₅Già l'empia a' tuoi danni

₆fra stuolo di sguardi

₇con vezzi bugiardi

₈dispose gl'inganni;

₉la frode, gli affanni

₁₀non hanno più loco,

₁₁del crudo suo foco

₁₂è spento l᾽ardore!

₁₃Da luci ridenti
₁₄non esce più strale,
₁₅che piaga mortale
₁₆nel petto m᾽avventi:
₁₇nel duol, ne᾽ tormenti
₁₈io più non mi sfaccio;
₁₉è rotto ogni laccio,
₂₀sparito il timore!

₁勝利だ、わが心よ、
₂もはや涙するな、
₃愛神のみじめな束縛が
₄解かれたのだから。

₅かつてあの酷な女は、困ったことに
₆数多（あまた）の眼差しを武器に、
₇いつわりの愛嬌で
₈策略を仕掛けてきた。
₉が、欺（あざむ）きも苦しみも
₁₀もはや生じることはない。
₁₁彼女のすさまじい情熱の
₁₂炎は消え去ったのだから。

₁₃ほほえむ瞳から、
₁₄命取りの傷を
₁₅僕の胸のなかに射込む矢は、
₁₆もはや飛び出して来ない。
₁₇苦しみのなか、悩みのなかで
₁₈僕はもう打ちひしがれることはない。

[19]どんな絆も断たれ、

[20]不安が消えたのだから。

歌曲3. DEH, PIÙ A ME NON V'ASCONDETE

詩：作者不詳

曲：Giovanni Maria Bononcini

[1]Deh, più a me non v'ascondete,

[2]luci vaghe del mio sol.

[3]Con svelarvi, se voi siete,

[4]voi potete

[5]far quest'alma fuor di duol.

[1]どうか、これ以上私から姿を隠さないでおくれ、

[2]わが太陽（たる君）のうるわしい瞳たちよ。

[3]お前たちなら、みずから姿を現すことで、

[4]この魂を苦しみの外に

[5]抜け出させてくれることができるのだから。

歌曲4. GIÀ IL SOLE DAL GANGE

詩：Giovanni Berniniか？

曲：Alessandro Scarlatti

[1]Già il sole dal Gange

[2]più chiaro sfavilla

[3]e terge ogni stilla

[4]dell'alba, che piange.

[5]Col raggio dorato

[6]ingemma ogni stelo

₇e gli astri del cielo

₈dipinge nel prato.

　　₁すでに太陽はガンジス河から

　　₂いっそう明るく輝き、

　　₃涙する夜明けの

　　₄しずくをすっかり拭い去る。

　　₅黄金の光で

　　₆あらゆる茎を宝石で飾り、

　　₇天空の星々を

　　₈草原のなかに描き出す。

歌曲 5. SE FLORINDO È FEDELE

詩：Domenico Filippo Contini か？

曲：Alessandro Scarlatti

₁Se Florindo è fedele

₂io m'innamorerò.

₃Potrà ben l'arco tendere

₄il faretrato arcier,

₅ch'io mi saprò difendere

₆da un guardo lusinghier.

₇Preghi, pianti e querele,

₈io non ascolterò,

₉ma se sarà fedele,

₁₀io m'innamorerò.

　　₁もしフロリンドが真剣なら

2私は恋に落ちるでしょう。

3箙を付けた射手が

4いくらうまく弓を引けたとしても、

5私は身を守るすべを知っています、

6ご機嫌取りのその眼差しから。

7祈りにも、嘆きにも、訴えにも

8私は耳を貸さないでしょう。

9でも、もし彼が真剣なら

10私は恋に落ちるでしょう。

歌曲6. SON TUTTA DUOLO

詩：Domenico Filippo Continiか？

曲：Alessandro Scarlatti

1Son tutta duolo, non ho che affanni

2e mi dà morte pena crudel;

3e per me solo sono tiranni

4gli astri, la sorte, i numi, il ciel.

1私は悩みでいっぱいで、苦しみあるのみです。

2そして、むごい苦悩は私に死をもたらします。

3私にとっては暴君でしかないのです、

4星も、運命も、神々も、天も。

歌曲7. LE VIOLETTE

詩：Adriano Morselli

曲：Alessandro Scarlatti

₁Rugiadose, odorose

₂violette graziose,

₃voi vi state vergognose,

₄mezzo ascose fra le foglie,

₅e sgridate le mie voglie

₆che son tropp'ambiziose.

　₁露にぬれて、芳しく、

　₂かわいらしいスミレたちよ、

　₃お前たちは恥ずかしそうに

　₄葉のあいだに半ば隠れている。

　₅そして、私の望みをたしなめてくれる。

　₆あまりにも野心に燃えたこの望みを。

歌曲8. CARO LACCIO

　　　　　　　詩：作者不詳

　　　　　　　曲：Francesco Gasparini

₁Caro laccio, dolce nodo,

₂che legasti il mio pensier,

₃so ch'io peno e pur ne godo;

₄son contento e prigionier.

　₁わが想いを縛り付けた

　₂いとしい絆、甘い契りよ、

　₃私は知っている、自分が苦しみつつも、楽しんでいるのを。

　₄私はうれしく、それでいて、囚われの身なのだ。

歌曲9. SEBBEN, CRUDELE

詩：作者不詳

曲：Antonio Caldara

$_1$Sebben, crudele,

$_2$mi fai languir,

$_3$sempre fedele

$_4$ti voglio amar.

$_5$Con la lunghezza

$_6$del mio servir

$_7$la tua fierezza

$_8$saprò stancar.

$_1$むごい人よ、たとえあなたが

$_2$私をやつれさせても、

$_3$私はいつも一途に

$_4$あなたを愛したい。

$_5$私のつくす

$_6$その時間の長さで、

$_7$あなたのつれない心を

$_8$なびかせることができるだろう。

歌曲10. OMBRA MAI FU（LARGO）

詩：Niccolò Minato

曲：George Frideric Handel

$_1$Frondi tenere e belle

$_2$del mio platano amato,

$_3$per voi risplenda il fato;

$_4$tuoni, lampi e procelle

5non v'oltraggino mai la cara pace,

6né giunga a profanarvi austro rapace!

7Ombra mai fu

8di vegetabile,

9cara ed amabile,

10soave più.

1わが愛するプラタナスの

2やわらかく美しい葉むらよ、

3お前たちのために運命が輝いていてくれますように。

4雷鳴や、稲妻や、嵐が、

5お前たちの大切な安らぎを決して乱しませんように。

6そして、激しい南風がお前たちを汚しに来ませんように。

7いまだかつて、

8これほどの木陰はなかった、

9これほどいとおしく、愛らしく、

10快い木陰は。

歌曲 11. NINA

詩：作者不詳

曲：伝 Giovanni Battista Pergolesi

1Tre giorni son che Nina

2in letto se ne sta.

3Pifferi, timpani, cembali,

4svegliate mia Ninetta,

5acciò non dorma più.

1ニーナが床に臥してから

₂もう3日になる。

₃笛よ、太鼓よ、シンバルよ、

₄私のかわいいニーナを目覚めさせておくれ、

₅彼女がこれ以上眠らないように。

歌曲12. O DEL MIO DOLCE ARDOR

詩：Raniero de' Calzabigi

曲：Christoph Willibald von Gluck

₁O del mio dolce ardor bramato oggetto,

₂l'aura che tu respiri, alfin respiro.

₃Ovunque il guardo io giro

₄le tue vaghe sembianze

₅amore in me dipinge:

₆il mio pensier si finge

₇le più liete speranze;

₈e nel desio che così m'empie il petto

₉cerco te, chiamo te, spero e sospiro.

₁ああ、わがやさしい情熱の対象、意中の人よ、

₂私は、ついに、あなたの呼吸している空気を吸うのだ。

₃私がどこに視線を巡らしても、

₄愛は、あなたの美しい姿を

₅私のなかに描き出す。

₆私の想いは、いちばん喜ばしい希望を

₇みずからの心に思い描く。

₈そして、私の胸をここまで満たしてくれる期待のなかで、

₉私はあなたを探し、あなたを呼び、希望を抱き、ため息をつく。

歌曲 13. O NOTTE, O DEA DEL MISTERO

詩：作者不詳

曲：Niccolò Piccinni

[1]O notte, o gran Dea del mistero,

[2]o dolce compagna d'amor,

[3]o notte, è in te sola ch'io spero!

[4]deh scaccia del giorno il fulgor.

[5]O speme, o crudele martiro!

[6]o istante di gaudio e timor!

[7]io temo, io tremo, io desiro,

[8]d'amore sospira il mio cor,

[9]d'amore, di speme e timor.

[1]ああ、夜よ、ああ、偉大な神秘の女神にして、

[2]やさしい愛の伴侶よ、

[3]ああ、夜よ、私が希望を託すのはお前だけだ。

[4]どうか、昼の眩(まばゆ)さを追いやっておくれ。

[5]ああ、希望よ、ああ、残酷なもだえにして、

[6]喜びと不安の瞬間よ、

[7]私は恐れ、震え、希望を抱く。

[8]私の心は愛のため息を洩らす、

[9]希望と不安たる、愛のため息を。

歌曲 14. PIACER D'AMOR

詩：Jean Pierre Claris de Florian

曲：Johann Paul Martini

[1]Piacer d'amor più che un dì sol non dura;

[2]martir d'amor tutta la vita dura.

₃Tutto scordai per lei, per Silvia infida;

₄ella or mi scorda e ad altro amor s'affida.

₅"Finché tranquillo scorrerà il ruscel

₆"là verso il mar che cinge la pianura

₇"io t'amerò." mi disse l'infedel.

₈Scorre il rio ancor − ma cangiò in lei l'amor.

₁愛の喜びは一日と続かないのに、

₂愛の苦しみは一生のあいだ続く。

₃彼女のため、不実なシルヴィアのために僕はすべてを忘れた。

₄でも、今彼女は僕を忘れ、ほかの愛に身を委ねている。

₅「平野を取り巻くあの海に向かって

₆小川が静かに流れるかぎり、

₇私はあなたを愛すことでしょう。」と、あの不実な女は言った。

₈小川は今も流れている。が、彼女の愛は変わってしまった。

歌曲15. CARO MIO BEN

詩：作者不詳

曲：伝Giuseppe Giordani

₁Caro mio ben,

₂credimi almen,

₃senza di te

₄languisce il cor.

₅Il tuo fedel

₆sospira ognor.

₇Cessa, crudel

₈tanto rigor!

₁いとしいわが恋人よ、

₂せめて僕を信じておくれ。

₃君なしでは

₄心がしおれてしまうから。

₅君に一途な男は

₆いつもため息をついている。

₇終わりにしておくれ、むごい人よ、

₈そんなつれなさは。

1 いとしいわが恋人よ、

2 せめて僕を信じておくれ。

3 君なしでは

4 心がしおれてしまうから。

5 君に一途（いちず）な男は

6 いつもため息をついている。

7 終わりにしておくれ、むごい人よ、

8 そんなつれなさは。

主要参考文献

【イタリア語・発音に関するもの】

亀井孝、河野六郎、千野栄一（編著）『言語学大辞典』全 6 巻　三省堂 1988

窪薗晴夫『日本語の音声』（現代言語学入門 2 ）岩波書店 1999

坂本鉄男『現代イタリア文法』　白水社 1979（2009 新装版）

菅田茂昭『超入門 イタリア語』大学書林 2006

長神悟『イタリア語の ABC』白水社 1996（2003 新装版）

ジュゼッペ・パトータ『イタリア語の起源』（岩倉具忠監修、橋本勝雄訳）京都大学出版会 2007

Amerindo Camilli, *Pronuncia e grafia dell'italiano* (terza edizione), Sansoni 1965

Luciano Canepàri, *Manuale di pronuncia italiana*, Zanichelli 1992 (1999 seconda edizione)

Maurizio Dardano & Pietro Trifone, *La nuova grammatica della lingua italiana*, Zanichelli 1997

Martin Maiden & Cecilia Robustelli, *A reference grammar of modern Italian*, McGraw-Hill 2000 (2007 second edition)

Bruno Migliorini, Carlo Tagliavini, Piero Fiorelli, *Dizionario d'Ortografia e di Pronunzia* (nuova edizione), RAI-ERI, 1981

Marina Nespor, *Fonologia*, Il Mulino 1993

Giuseppe Patota, *Grammatica di riferimento dell'italiano contemporaneo*, Garzanti 2006

Gerhard Rohlfs, *Grammatica storica della lingua italiana e dei suoi dialetti*, 3 voll., Einaudi 1966

Luca Serianni (con la collaborazione di Alberto Castelvecchi), *Grammatica italiana: italiano comune e lingua letteraria*, UTET 1988 (1991 seconda edizione)

【韻律と文学に関するもの】

鈴木信吾「ロマンス語とロマンス詩の誕生：フランスとイタリアの場合を中心に」『東京音楽大学・公開自主ゼミナール「音楽の言葉」』Ⅱ，1996, pp. 27-39

鈴木信吾「ラテン詩からロマンス詩へ」『東京音楽大学・公開自主ゼミナール「音楽の言葉」』Ⅵ，2000, pp. 15-28

ダンテ『俗語詩論』（岩倉具忠訳注）東海大学出版会　1984

Francesco Bausi & Mario Martelli, *La metrica italiana*, Le Lettere 1993

Pietro G. Beltrami, *La metrica italiana*, Il Mulino 1991 (1994 nuova edizione)

Pietro G. Beltrami, *Gli strumenti della poesia*, Il Mulino 1996 (2002 nuova edizione)

Giorgio Bertone, *Breve dizionario di metrica italiana*, Einaudi 1999

Leandro Biadene, *Morfologia del sonetto nei secoli XIII-XIV*, Le Lettere 1977

Sandro Boldrini, *Fondamenti di prosodia e metrica Latina*, Carocci 2004

W. Theodor Elwert, *Versificazione italiana dalle origini ai giorni nostri*, Le monnier 1973

Mario Fubini, *Metrica e poesia*, Feltrinelli 1962

Ladislao Gáldi, *Introduzione alla stilistica italiana*, Pàtron 1971

Gianfranca Lavezzi, *Manuale di metrica italiana*, La Nuova Italia Scientifica 1996

Aldo Menichetti, *Metrica italiana. Fondamenti metrici, prosodia, rima*, Antenore 1993

Sandro Orlando, *Manuale di metrica italiana*, Bompiani 1993

Mario Pazzaglia, *Teoria e analisi metrica*, Pàtron 1974

Antonio Pinchera, *La metrica*, Mondadori 1999

Mario Ramous, *La metrica*, Garzanti 1984

Giuseppe Sangirardi & Francesco De Rosa, *Breve guida alla metrica italiana*, Sansoni 2002

Mario Santagostini, *Il manuale del poeta*, Mondadori 1988

Luca Serianni, *Introduzione alla lingua poetica italiana*, Carocci 2001

Raffaele Spongano, *Nozioni ed esempi di metrica italiana*, Pàton 1966 (1974 seconda edizione)

Alfonso Traina & Giorgio Bernardi Perini, *Propedeutica al latino universario*, Pàtron 1971 (1998 sesta edizione)

【音楽・オペラ台本に関するもの】

『歌曲集』I-X（イタリアオペラ・歌曲歌詞解説シリーズ）アウラ・マーニャ 1986-89

戸口幸策（歌詞対訳）『イタリア歌曲集』全音楽譜出版社 1998（第二版）

森田学「十九世紀前半イタリア・オペラの音楽劇テキスト」『日伊文化研究』(38) 日伊協会 2000

森田学『歌うイタリア語ハンドブック：歌唱イタリア語の発音と名曲選』ショパン 2006

森田学『イタリア歌曲を朗読しよう：歌唱のための発音入門』ヤマハミュージックメディア 2008

Luigi Baldacci, *Libretti d'opera*, Vallacchi 1974

Luigi Baldacci (a cura di), *Tutti i libretti di Verdi*, Garzanti 1975

Luigi Baldacci, *La musica in italiano*, Rizzoli 1997

Marco Beghelli & N. Gallino (a cura di), *Tutti i libretti di Rossini, Garzanti* 1991

Marco Beghelli (a cura di), *Tutti i libretti di Mozart*, UTET 1995

Lorenzo Bianconi, Giuseppe Pestelli (a cura di), *Storia dell'opera italiana (IV-V-VI)*, EDT 1986-（特にVI巻のCarl Dahlhaus, *Drammaturgia musicale*, pp.77-162）

Lorenzo Bianconi (a cura di), *Drammaturgia musicale*, Il Mulino 1986（特にW. Osthoff, *Musica e versificazione: funzioni del verso poetico nell'ope-*

ra italiana, pp.125-141)

Lorenzo Bianconi & Giuseppina La Face (a cura di), *I libretti italiani di Georg Friedrich Händel e le loro fonti (1707-1725)*, Olschki 1992

Lorenzo Bianconi, *Il teatro d'opera in Italia*, Il Mulino 1993

Lorenzo Bianconi, *Sillaba, quantità, accento, tono*, in *"Il Saggiatore musicale" (XII)*, 2005

Alessandro Roccatagliati, *Felice Romani librettista*, Libreria Musicale Italiana 1996

Olimpio Cescatti (a cura di), *Tutti i libretti di Bellini*, Garzanti 1994

Claudio Dall' albero & Marcello Candela (a cura di), *Celebri Arie Antiche*, Rugginenti 1998

Paolo Fabbri, *Metro e canto nell'opera italiana*, EDT 2007

Enrico M. Ferrando (a cura di), *Tutti i libretti di Puccini*, Garzanti 1984

Bruno Gallotta, *Manuale di poesia e musica*, Rugginenti 2001

Emanuele Garcìa, *Trattato completo dell'arte del Canto (Edizione Ricordi)*, Ricordi 1841

Rita Garlato, *Repertorio metrico verdiano*, Marsilio 1998

Daniela Goldin, *La vera fenice*, Einaudi 1985

Giovanna Gronda & Paolo Fabbri (a cura di), *Libretti d'opera italiani*, Mondadori 1997

Friedrich Lippmann, *Versificazione italiana e ritmo musicale. I rapporti tra verso e musica nell'opera italiana dell'Ottocento*, Liguori 1986

Giambattista Mancini, *Riflessioni Pratiche sul canto figurato (terza edizione.)*, G. Galeazzi 1777

Piero Mioli, *Il grande libro dell'opera lirica*, Newton 2001

Eugenio Saracino (a cura di), *Tutti i libretti di Donizetti*, Garzanti 1993

Pier Francesco Tosi, *Opinioni de' Cantori Antichi e Moderni*, Lelio dalla Volpe 1723

おわりに

　これまで、わが国には、イタリア詩歌の形式に関する著作で、一般の読者を対象としたものは存在しなかったように思われます。それは、かつてはイタリア語そのものの学習者がそれほど多くなかったことにも起因するでしょう。イタリア語学習者の層が大幅に広がった今、私たち著者は、イタリアの言語や文学、音楽に興味を抱く人たちのために、そろそろイタリア詩歌の形式を論じた何らかの入門書が出てもいい時期ではないだろうか、と考えるに至りました。このささやかな本が、少しでもそうした興味を抱く人たちの役に立つことができるのなら、私たちにとってこれ以上の喜びはありません。

　さて、第一部の第1章で扱ったのは、詩の韻律を理解するうえで必要な音声事象ばかりですが、続く第2章では、それに基づきつつ「詩行の韻律法」について述べました。このような場合、一般的には文学的に価値が高く、できるだけイタリア語話者によく知られているような詩をモデルにとりあげながら解説を進めてゆくのが常道でしょう。しかし、こうした格調高いイタリアの詩歌を対象に論じる仕事は、本書においては第3章「イタリア詩の詩形」に譲って、詩の1行ずつを扱った第2章は、むしろ、あとの第二部全般にわたる「イタリア詩と音楽」に関連させてあります。具体的には、「付録」に載せた「イタリア・バロック声楽作品の詩15選」を題材に説明を試みました。このように声楽作品の詩を題材とする、少し異例の方法を採ったのは、イタリア語の声楽作品の多くが、実は伝統的な詩の形式にのっとって作られているのだ、という事実を読者の皆さんに認識してほしかったからです。それを踏まえたうえで、第二部の「イタリア詩と音楽」では、それぞれがどのような関係にあるのかについて比較的有名なオペラ作品を例として解説しています。この解説は詩と音楽の関係を知るための導入となるべきもので、これだけで両者の関係を完全に把握できるわけでもありませんし、声楽曲はどのように表現しなければ（あるいは、されなければ）ならない、といった規則でもありません。これをきっかけにイタリア・オペラなどの声楽曲全般が内包することばと声（音楽）の魅力に迫って行くことができるように、との願いを込めて書いたものです。

　一方、第一部第3章は、先に申しましたように、文学史上の重要作品をとり

あげて解説する形を採りましたが、そこで扱われた事項や技法の数はかなり限られていますし、それらの選択や紙数の割き方も執筆者の個人的な問題意識を強く反映したものとなっています。ですから、知識を求めて読まれてもあまり利はないでしょう。《勉強》としてよりも、むしろイタリア詩に関するひとつの読み物として気楽に読んでいただけたらと思います。

　この本に接して、イタリア詩の形式についての知識をさらに深めたくなったのなら、今度はイタリアで出版されている本に挑戦してみるのもいいでしょう（その際、「参考文献」のなかの【韻律と文学に関するもの】の項にあげてあるリストが参考になります）。そこまで挑戦しなくても、もう十分に基礎的な知識の地固めはできているのですから、実際にイタリア詩に当たってみるのもいいでしょう。あるいは、韻律に気を付けながら声楽作品を聞いてみたり、歌ってみたりするのも楽しいものです。すでに知っているイタリアの名高い詩や歌であっても、こうした視点から捉え直してみると、今まで見えていなかった新しい地平が開けてくることでしょうから。

2010年6月
著者一同

【著者略歴】

天野　恵（あまの　けい）

京都大学文学部イタリア文学科卒業。現在、京都大学名誉教授。

主要訳書ほか

カスティリオーネ『宮廷人』（共訳、東海大学出版会）

ヴェスパシアーノ・ダ・ビスティッチ『ルネサンスを彩った人びと』（共訳、臨川書店）

『ボルソ・デステとその時代』（〔財〕日本イタリア京都会館誌「イタリアーナ」21-26 号、31 号）

鈴木 信吾（すずき しんご）

東京外国語大学イタリア語学科卒業、ブカレスト大学言語学博士。イタリア語学・ルーマニア語学専攻。現在東京音楽大学客員教授。

主要著書・論文

『書くイタリア語』（共著、大学書林）

『L'appetito vien mangiando ― イタリア語非定形動詞の表現されない主語』『イタリア語ことばの諸相 ― 秋山余思教授退官記念論文集』（共編著、イタリア書房）

「語順の自由度 ― イタリア語の場合」『言語』29 巻 9 号

森田　学（もりた　まなぶ）

東京藝術大学音楽学部声楽科卒業。ボローニャ大学大学院、ジェノヴァ・パガニーニ研究所などで研究活動をおこなった後に帰国。現在、昭和音楽大学准教授。

主要著書

『イタリアのオペラと歌曲を知る 12 章』（編著、東京堂出版）、『音楽用語のイタリア語』『オペラでイタリア語』（小社刊）など多数。

新装版　イタリアの詩歌
──音楽的な詩、詩的な音楽

2021年3月30日　　第1刷発行
2023年3月30日　　第2刷発行

著　者　天野恵　鈴木信吾　森田学
発行者　前田俊秀
発行所　株式会社三修社
　　　　〒150-0001　東京都渋谷区神宮前2-2-22
　　　　TEL 03-3405-4511 FAX03-3405-4522
　　　　振替00190-9-72758
　　　　https://www.sanshusha.co.jp
　　　　編集担当　北村英治

印刷製本　広研印刷株式会社

本書は2010年刊行『イタリアの詩歌』（三修社）を新装改訂したものです。